光影斑斓

唯美意象的律动

刘青 著

图书在版编目（CIP）数据

光影斑斓：唯美意象的律动／刘青著. --北京：经济科学出版社，2023.6
 ISBN 978 - 7 - 5218 - 4839 - 7

Ⅰ.①光… Ⅱ.①刘… Ⅲ.①文艺评论 - 中国 - 文集 Ⅳ.①I206 - 53

中国国家版本馆 CIP 数据核字（2023）第 107198 号

责任编辑：杨　洋　卢玥丞
责任校对：靳玉环
封面设计：七月合作社
责任印制：范　艳

光影斑斓
——唯美意象的律动
刘青　著

经济科学出版社出版、发行　新华书店经销
社址：北京市海淀区阜成路甲 28 号　邮编：100142
总编部电话：010 - 88191217　发行部电话：010 - 88191522
网址：www.esp.com.cn
电子邮箱：esp@esp.com.cn
天猫网店：经济科学出版社旗舰店
网址：http://jjkxcbs.tmall.com
北京中科印刷有限公司印装
889×1194　32 开　6.125 印张　90000 字
2023 年 10 月第 1 版　2023 年 10 月第 1 次印刷
ISBN 978 - 7 - 5218 - 4839 - 7　定价：36.00 元
（图书出现印装问题，本社负责调换。电话：010-88191545）
（版权所有　侵权必究　打击盗版　举报热线：010-88191661
QQ：2242791300　营销中心电话：010-88191537
电子邮箱：dbts@esp.com.cn）

目 录

影视剧评论

安纳金·天行者：神祇与凡人的预言 …………………… 003

反工业与前现代迷思：由《指环王》引起的遐想………… 014

《蝙蝠侠》：利维坦、身份政治和"黑暗骑士"人物分析 …… 026

乔治·卢卡斯的处女作，是一则反乌托邦神话
　　——电影《五百年后》影评 ………………………… 037

想到 20 世纪 90 年代日本，就总想重看这部剧
　　——日剧《未成年》剧评 …………………………… 045

那年我学开车，驶过少女的青春
　　——话剧《那年我学开车》剧评 …………………… 056

文化年代史回顾

你还记得最初的《星球大战》吗？
　　——现代神话：记星战诞生的时代背景 …………… 067

幽灵的威胁：记星战前传诞生的时代背景 ……………… 079

保守、拜金、物欲横流，看 20 世纪末的美国如何
　　娱乐至死 ……………………………………………… 092

解忧杂货店：日本逝去的时代，有什么不一样？ …………… 109

偶像、御宅族、"容器人"
　　——日本20世纪80~90年代社会文化侧影 …………… 121

跨世纪的潮流，日本偶像的变迁 ………………………… 134

十年积弊下，奥运救不起的日本 ………………………… 146

其他文化随笔

内卷、加速、乡愁与现代性 ……………………………… 161

花样滑冰的艺术之美 ……………………………………… 170

羽生结弦，唯美主义者的极限追求 ……………………… 178

要和电影说再见了吗？ …………………………………… 182

天堂里，有没有坂本龙一？ ……………………………… 188

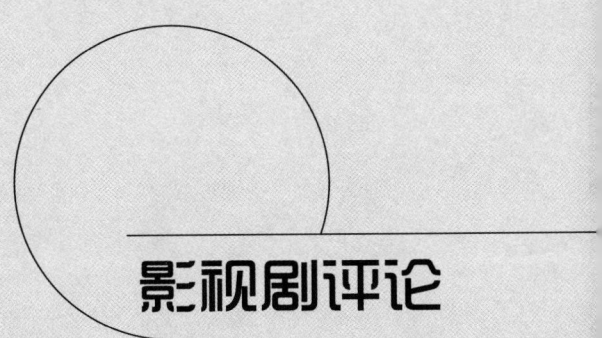

影视剧评论

✤ 安纳金·天行者：神祇与凡人的预言

作为"太空歌剧"（Space Opera）式的艺术创作，《星球大战》（Star Wars）（以下简称"星战"）系列影片上演着跨越星河的传奇冒险故事，其古典主义的精神内核和未来主义的形式特征相得益彰，天马行空的想象力勾勒出一幅气势磅礴的瑰丽画卷。纵观星战系列作品，点缀其间的不仅有造型各异的宇宙飞船、千姿百态的外太空星球，还有无数令观众过目难忘的经典角色——英勇无畏的卢克·天行者（Luke Skywalker）、美丽坚强的莱娅公主（Princess Leia）、玩世不恭的韩·索罗（Han Solo）等。在如此众多的人物中，有一个人物最令笔者为之动容，他就是安纳金·天行者（Anakin Skywalker）——一个冥冥之中悲剧命运的自我实现者。

一、平衡原力的天选之子——实现预言的传奇之人

说到安纳金就不得不提到原力（The Force）——星战中一个极其重要的神秘元素。由于安纳金作为原力平衡者现身于世人面前，所以分析解读他本人的命运就必须对原力进行一番描述和剖析——原力是星战宇宙里一种特殊的力量。尽管在这部系列影片中，编导者乔治·卢卡斯一直希望为这一神秘力量找到生物学（科学）基础［如《星球大战前传：幽灵的威胁》（Star Wars Episode Ⅰ: The Phantom Menace）中对于原力生物学（科学）方面的解读］，但不可否认的是该力量散发出来的神秘性正是其魅力所在。

原力的存在维系着生活于其间的万事万物的运转。星战世界里的个体（无论是无机体如各个星球的植物、星球本身乃至整个银河系甚至宇宙，还是有机体如各个星球上的动物，亦或是生活在不同星球上的智慧生物——人类与其他族群的外星人等）乃至他们组成的群体，都或多或少

受到这一神秘力量的影响。

此外,原力强调精神活动的重要性,它借鉴了理念论(柏拉图)、绝对精神(黑格尔)等西方哲学观念。而绝地与西斯思考和运用原力方式的不同,又体现出理性主义观念(绝地尊崇理性)和本能论思想(西斯崇尚感性)之间的矛盾冲突。除此之外,东方宗教与哲学中的冥想论,道教观念中"气"的概念也影响着乔治·卢卡斯的创作理念,我们还能发现星战中原力强调光明面(Light Side)与黑暗面(Dark Side)的平衡,这与中国古籍经典《易经》里关注阴与阳之间的平衡不谋而合。

把这种平衡放到西方基督教传统的语境下,就是神性与人性之间的平衡:神性代表着完美无瑕、人性代表着不尽完美;神性代表着普遍真理、人性代表着相对价值;神性代表着永恒统一、人性代表着变动不居;神性代表着道德崇高、人性代表着自私利己;神性代表着拯救众生、人性代表着等待救赎……从以上描述中我们能看出,神性与人性之间存在矛盾冲突,这种冲突在一定条件下是一种二元对立式的冲突,在某些情况下是无法调和的,最终导致巨大的毁灭。而星战前传三部曲(Star Wars Prequel Trilogy)

中，安纳金·天行者的经历则体现了这种矛盾所产生的巨大撕裂，最终导致悲剧的发生。

安纳金·天行者是预言中平衡原力的天选之子（The Chosen One），他年少时便被发现原力异常强大，任何绝地都不能与其匹敌。表面上看，这一强大的力量是他的荣光所在，众人梦寐以求却无法企及。而从他最终的命运来看，完成原力平衡的预言反倒成了他一生的紧箍咒，成为他不能实现人间理想的绊脚石，成就他悲剧命运自我实现的宿命人生。

二、神性与人性的矛盾——被撕裂的英雄

看过星战六部曲的观众都会发现安纳金身上充满着数不尽的矛盾性：尽管他能力强大，却出身为奴隶；他内心深处充满着爱心、无私、善良，却又有着世俗般追求更大权力的欲望；他希望整个星系归于和平统一，却无时无刻感受到实际分裂的普遍存在；他对于人们和事物拥有着理想主义的想法，却又时刻游走于现实之中……他的分裂与他强大的能力及身世经历密切相关，而其所处的大环境便是银河共和国内部各方势力争斗所导致的克隆战争（The

Clone Wars），分裂是这个时代的主旋律。安纳金身上神性与人性的兼顾说明了他的独一无二，他要平衡原力，而这一使命在当时是不可能完成的，他不仅要完成神祇交代的任务（平衡原力），同时他也是一个凡人，拥有着世俗人类的情感、私欲。

《星球大战前传2：克隆人的进攻》（Star Wars Episode Ⅱ：Attack of the Clones）开场便有这样的情节：由于要进行清规戒律般艰苦的绝地训练，安纳金远离了凡人的生活，但他内心深处却日夜思念着十多年来未曾谋面又身处异乡（星）的母亲，无时无刻渴望解救奴隶出身的生母；与此同时，他也暗恋着自9岁时便一见钟情、身陷银河共和国内部政治旋涡中心、位高权重的纳布星（Naboo）前任女王、共和国参议员帕德梅·阿米达拉（Padmé Amidala）。如此重情重义的性格与绝地教条规定的清心寡欲的追求完全相悖。绝地教条的内容是这样写的[1]：

There is no emotion; there is peace.

There is no ignorance; there is knowledge.

---

[1] 南方战士. ［组织］绝地武士团（The Jedi Order）［EB/OL］. https://www.zhihu.com/question/447892891/answer/1765496255, 2012-09-17.

There is no passion; there is serenity.

There is no death; there is the Force.

无须激情,平静心智。

勿随愚昧,顺从真知。

勿纵情欲,沉静明意。

无有灭亡,唯行原力。

这是一种苦行僧式的信念,无欲无求的人生理念与古代佛教思想不谋而合,同时又与欧洲近千年来中世纪教会宣扬的禁欲主义相得益彰。人类发展的历史是个性解放与伦理束缚不断斗争的历史,是人性与神性抗争的历史:从欧洲中世纪到文艺复兴、宗教改革时期我们能看出,每一次对基督教教义的阐释解读都越来越让掌握命运的天平由上帝转向人类、由来世转向现世、由完美无缺的神性转向不尽完美的人性。中世纪到文艺复兴、宗教改革时期的变革大体是在和平的氛围下度过的,虽然其背后也是各方角力争斗、冲突不断,但这段历史的最终结局是社会逐渐进步的光明前景、启蒙即将到来的曙光乍现、人类全新时代的最终降临。

而安纳金所处的银河共和国末期则更类似于西罗马帝

国覆灭的年代：这是一个共和国爆发大规模战争、官僚体系腐败横行的时代，整个银河系都能听到普罗大众的悲鸣，如此分裂的现实使得人性中的负面力量被不断激发。安纳金受到的精英化的、神性化的教育和训练使他无法面对如此残酷的现实，而"天选之子"的身份又让他不得不直面残垣断壁般凋零的共和国现状，本应正义美好的世界为何如此不堪？安纳金肩负着他无法掌控的使命，也慢慢对绝地组织的正当性产生了怀疑，尤其是绝地教条压抑个体真实性情不能解决他这样重情重义的人的心灵问题，更加深了他内心的困惑。

安纳金发现受尽苦难的母亲不能被拯救、心爱的人会离去而无法挽回，他连自己最在意的人都无法保护，更何谈解放天下所有的奴隶。焦急万分的情感一直困扰着安纳金的内心，使他慢慢对当年理想化的绝地组织产生了怨言，积怨已久的情绪最终爆发的原因一方面是最高议长希夫·帕尔帕庭（Sheev Palpatine）精心策划的阴谋造成的，另一方面也是由于绝地组织没有考虑安纳金个体性格的特殊性，恪守保守僵化的教条使得绝地训练（Jedi Training）没有注重因材施教、因势利导，本来追求和谐平衡的训练反而造就了失衡无序。

三、现实与理想的鸿沟——投入黑暗面的堕落天使

此外，与其他绝地学徒不同的是，安纳金并不是一出生就被选入绝地组织，进行精英化训练，他外来者的身份使其显得与众不同，而自身能力的出众让他在不受重用的时候内心深感孤独和格格不入，这一切源自人性中自私的一面，与绝地宣扬的无私（神性）价值观充满对立。进入绝地体系的安纳金发现作为光明面象征、以和平卫士形象昭示天下的绝地教团（Jedi Order）与其他任何世俗利益集团一样是个现实至上的组织，这个组织为了达到所谓善或正义的目标甚至不惜牺牲个体的利益，这种种的一切让安纳金感受到绝地的虚伪。

另外，绝地组织科层制的体系造成整个绝地的命运掌握在长老会（Jedi Council）手中，只有成为绝地大师（Jedi Master）才能在这个体系中拥有话语权。在这种环境下，安纳金逐渐变得现实，原始的无私品质经过现实的浸染后变得越来越自私自利，他心中神性与人性的矛盾正在不断激化进而撕裂：一方面，与绝地组织相比，出身贫苦的安纳

金更了解民众的疾苦，其身上更具有心系众生的神性，作为奴隶的他帮助了那么多不相关的人，拯救了多少在银河系战火中呻吟无望的民众；另一方面，他发现尽管自己是"天选之子"，也无法终结银河系的战乱，因为他不能在绝地组织中拥有话语权，被动地听命行事更让其内心感到不受重用、遭受排挤，其心中的黑暗面正不断滋长。

正是在这一背景下，《星球大战前传3：西斯的复仇》（Star Wars Episode Ⅲ: Revenge of the Sith）中出现了这样的剧情：阴谋独揽大权的最高议长帕尔帕庭早已发觉安纳金内心的波动，对他进行"合情合理"的"因势利导"：一方面挑动安纳金追求更大权力的野心，称他的力量无人可及，甚至连尤达大师（Master Yoda）也无法与之匹敌；另一方面议长也一针见血地指出："任何获得权力的人都不希望失去它。绝地也是如此。"[1]（All who gain power are afraid to lose it. Even the Jedi.），尽管最初安纳金并不完全认同最高议长的观点，但随着事态的发展，他也开始一步步动摇对绝地的信念及对光明面的追求，他心中本已蕴含的黑暗面

---

[1] ［美］乔治·卢卡斯（George Lucas）. 星球大战前传3：西斯的复仇（Star Wars Episode Ⅲ: Revenge of the Sith）［EB/OL］. https://www.iqiyi.com/v_19rxtp2r2s.html, 2023-06-06.

正不断滋长,在议长的挑拨离间下最终爆发,造成妻离子散、绝地组织、银河共和国覆没的巨大悲剧。

投入黑暗面的安纳金被恐惧、愤怒、仇恨等原力的阴暗面所支配和扭曲——他寻求至高无上的权力、崇尚无穷无尽的力量,释放内心压抑的激情,膨胀心中无限的欲望。就像约翰·弥尔顿(John Milton)的文学作品《失乐园》(*Paradise Lost*)中的堕落天使撒旦一样,他从纯洁无瑕的精灵化身堕落成了阴间的地狱使者,放弃了神性的安纳金变成了"黑武士",他的内心如同他受过伤的躯体一样,在其后半生的岁月里一直囚禁在那副黑色的盔甲中,直到儿子卢克对他实现了最终的救赎……

安纳金·天行者就像古希腊悲剧里的人物——如同俄狄浦斯一样受到命运的捉弄,无论他如何希望避免悲剧的发生,最终还是无法逃脱命运的牢笼;他也同美狄亚一样,遭到了背叛之后无法遏制自己的愤怒,最终堕入茫茫的无尽深渊;他还仿佛莎士比亚笔下的麦克白,由于受到内心欲望的驱使,最终毁灭了自己也毁灭了星系。尽管犯下了滔天的恶行,但他的内心深处还是存有善意,就像他的妻子帕德梅临终时说的那样:"我知道他(指安纳金)心中还有良知"。[1]〔There is good in him（Anakin）, I know.〕安纳金身上这种神性与人性并存的特征使他成为星战系列影片里最令观众印象深刻、过目难忘的经典角色——人们不仅喜爱他无私高贵的神祇特质，也感慨他不尽完美的凡人特点，更怜悯他最终被这两种不可调和的力量撕裂的悲剧命运。安纳金的一生充满了血与泪、爱与恨、光明与黑暗，将永远被人铭记。

（本篇文章于2018年5月29日首发于电影评论媒体"深焦DeepFocus"微信公众号）

---

1 ［美］乔治·卢卡斯（George Lucas）. 星球大战前传3：西斯的复仇（Star Wars Episode III: Revenge of the Sith）［EB/OL］. https：//www.iqiyi.com/v_19rxtp2r2s.html, 2023-06-06.

✣ 反工业与前现代迷思：由《指环王》引起的遐想

《指环王》（*The Lord of the Rings*）是英国作家托尔金（John Ronald Reuel Tolkien）创作的系列小说，这部奇幻作品连同《霍比特人》（*The Hobbit*）、《精灵宝钻》（*The Silmarillion*）及其他一些未出版的文档资料（这些文学作品和文档资料同为托尔金创作）一道，构建起了规模庞大的中土世界。

在该部史诗巨著中，不仅描绘了作者本人构思的创世纪传说和历史纪元方式，同时也蕴含着丰富的宗教、哲学、神话思想。托尔金本人作为牛津大学的语言学教授，将古英语等多种语系、语言元素融入到文本创作之中，令《指环王》显示出多元的文化气息。而这部蕴含他毕生心血的作品不仅是当代神话的典范，更是一部编年史传奇——它延续了传承千百年来的宗教思想精神，展现了作者生平时期社会变迁的点点滴滴。

托尔金成长的年代是工业革命如火如荼的时代。在《指环王》中，他表达了对这一时期现代文明到来细致入微的深刻反思，以及对前现代[1]社会温润美好的追念之情。查阅资料不难发现，农耕文明向工业社会的转型贯穿托尔金的人生，这段岁月历程与《指环王》里描绘的英雄传奇有着几分相似。

19世纪末20世纪初，欧洲文明正朝工业社会大举迈进。此时的欧罗巴大陆，犹如一辆狂飙突进的蒸汽列车，轰鸣呼啸地驶向现代社会。在这其间留下的种种时代印记，都或多或少以隐喻或象征的方式，呈现在这部魔幻神话著作之中。

1　前现代指启蒙运动之前的古代世界。

绵延于欧洲中世纪上千年的田园诗意，在工业革命的撕扯怒吼中已渐渐成为历史尘封的记忆。在这嬗变的时代，时移事迁下广大生灵们的生存境遇、观念世界也发生了巨大改变。此刻，人们从郊外田间汇聚到城市中心，他们远离了熟悉的时空环境、人际关系，进入陌生疏离、无根漂泊的生活状态。孤独、焦虑、不安、压抑、苦闷……各种各样的负面情绪萦绕在众人心间，成为横亘于时代中的精神症候之一。

霍比特人（Hobbits）佛罗多·巴金斯（Frodo Baggins）踏上的冒险之旅，展现的就是这种从前现代文明向现代文明过渡的历程——霍比屯（Hobbiton）中生活得安详美好，映衬着工业革命开始前的世间万象。这一时空环境下，人际关系亲密无间、道德观念朴实无华、自然风光静逸迷人、生态环境和谐有序……田园牧歌式的优美情景如同历史"乡愁"的剪影那般浮现在世人眼前。身处其间，观者仿佛驻足一处乌托邦存在的极乐净土、一片美满祥和的世外桃源、一方闪耀永恒之光的伊甸天堂。

然而，变革和危机就隐藏在表面的平静与温润之下，如同约瑟夫·坎贝尔在神话学著作《千面英雄》（*The Hero*

with a Thousand Faces）中所言，意外打破了岁月静好，踏上冒险旅程的主人公在这种不期之中，开始了英雄之旅，而漫长的旅程同时也是一段单向度的历程，一次无法复归的人生经历，犹如历史车轮滚滚向前，追随时代的脚步、伴随危机的四伏，现代社会巨大的"魅影"开始笼罩在中土大地之上。

现实世界中，这种现代性的危机，伴随19世纪中后期思想家尼采所言的"上帝已死"的到来，令虚无主义的观念，萦絮在世俗社会中普罗大众的灵魂深处，人类社会的精神危机愈演愈烈。

这一时期，传统的宗教共同体开始解体，心理学家弗洛姆所描绘的"始发纽带"逐渐消散，人们被抛离出共同生活的社会时空，和谐共生的社会环境开始向相互竞争的社会机制转变，个体"原子化"地生存在浩瀚世界之中，体味着自身的卑微渺小和无足轻重。

类似的情况也发生在中土世界里，《指环王》的作者托尔金信仰天主教，曾表示该系列小说"在本质上，是一部天主教作品"[1]。也因此，在"魔戒"相关的文学创作中，

---

[1] Tolkien J. R. R. The fellowship of The Ring [M]. New York: HarperCollins Publisher, 1954: 172.

托尔金描绘了与宗教经典类似的创世纪神话，而在其文本里也时常隐含着天主教精神。在某种程度上，至尊魔戒（The One Ring）象征着人类最初的原罪（Original Sin），由于它的存在，整个中土大地陷入欲望纷争的罪孽之中。

这是一个信仰岌岌可危的年代，传统伦理、道德力量和田园诗歌都无法使人类的心境重返那个更为优雅、圣洁的古典时代，人性的脆弱令至尊魔戒的蛊惑日渐加深，罪恶取代了救赎成为时代的主旋律。传统的烙印已然褪色，世界从诸神的统治转向英雄逐鹿的年代，进而来到人类生活的时期。而凡人的存在便是要打破神祇的权威，用利己的行径去取代信仰的虔诚，"祛魅"成为时代的主题，现代性正缓缓到来。

现代性的到来在电影《指环王：护戒使者》（The Lord of the Rings: The Fellowship of the Ring）和《指环王：双塔奇兵》（The Lord of the Rings: The Two Towers）中，伴随欲望的扩张、传统的消亡，在巫师萨鲁曼（Saruman）的魔域艾辛格（Isengard）内一览无余。

这是一个充满机械钢铁气息的军事工业基地。震耳欲聋的机器轰鸣，令工业景观映入观者眼帘。放眼望去，身强力壮的强兽人（Uruk-hai）与半兽人（Orcs）组成了规模庞大的军队，各式各样的武器装备也被锻造成型。艾辛格无垠的天空和广袤的大地，呈现出一片浓烟滚滚、乌云密布的阴森景象。树木惨遭砍伐，溪谷遭受破坏，自然生态面临极大的毁灭……

而这种种景观同时也是西欧文明在19世纪后半叶的景象——工厂拔地而起、铁路四处连通、矿山不断开采、钢铁大量冶炼。当时欧洲各个工业城市，都笼罩在雾霾浓郁的有毒气息之中。资本主义的快速崛起令大工业、大生产成为可能，而资本家逐利的心性则将这种工业生产急剧扩大，与此同时，这一变化也对身处其间的人们的灵魂和肉体产生着多方面的影响——一部分最优秀的人类变成了被资本、物质控制的"俘虏"，而《指环王》中的半兽人也象征着这一转变：天资聪颖、气质高贵的精灵也有可能失去圣洁的光环，堕化成堕落天使，其对应着现实中人类欲望的永无止境，被欲念牵绊住内心的人们展现出丑陋腐化的一面，成为世间恶魔的化身。

反观19世纪后半段的欧洲，与《指环王》文本情节发展相似的是，日益工业化的城市文明，非但没有让人类救赎自己的灵魂，反而更加陷入熊熊燃烧的地狱烈火之中。资本、欲望驱动下的工业文明使现代社会进入冰冷的机械时代，人与人之间不仅缺乏情感方面的心灵交流，还与自然世界逐渐失去联系。

大地母亲在抽噎、在哭泣、在痛苦，她用自身的自然之力对抗着人类改造、征服自己的冲动，此起彼伏的灾害都在表达她的哀伤、恐惧和愤怒。这体现在《指环王》的文本里，便是《指环王：双塔奇兵》中树人（Ents）在树须（Treebeard）的带领下，对萨鲁曼控制的艾辛格发起的反击。

自然界的危机在《指环王》的小说和电影中都有映射，其作为对现代性的反叛也投射于现实人类历史之中，这种反叛是以回归自然传统的方式开展的。

19世纪末20世纪初，许多德意志年轻人都希望通过"候鸟运动"，即与大自然进行深度接触，来释放内心的压力，摆脱世俗的困扰。他们期许离开物质世界的纷扰，摆脱启蒙理性的束缚，复归那个没有科学信仰统治的纯粹观念世界。青年们幻想着浪漫、自由的生存状态，期许着精神、灵魂的不朽升华。这是对现实政治秩序和工业文明体系的反抗，他们希望以一种前现代、前工业化的理想主义信念来改造当下的政治生态和现实社会。

然而吊诡的是，现实中"候鸟运动"的最终结果却与其初衷背道而驰。许多青年对传统的推崇，在第一次世界大战的推波助澜下，逐渐变成一种对国家主义、民族主义的至上崇拜。"一战"的战败，令德意志上下元气大伤。

经济的萎靡不振，让此时的德国拍出了表现主义代表作影片《卡里加里博士的小屋》（Das Cabinet des Dr. Caligari），片中变形的城镇景象令观者不寒而栗，其体现的阴森、恐怖的氛围则更反映出德意志彼时压抑、悲观的社会现状。

许多曾经对社会改造抱有希望的理想主义青年开始走向极端，他们逐渐拥护纳粹上台，并服从大权独揽的"元首"——希特勒的无上权力。

这里引出了欧洲现代社会另外两起严重的"创伤"事件——世界大战的爆发和纳粹独裁的统治。为何会出现这些历史悲剧？或许是由于"上帝已死"、传统宗教共同体消亡后，价值领域出现了真空，许多革命性的极端新思想与现代性的自然危机、社会危机、精神危机一道，在人类社会的演化过程中愈演愈烈［社会发展犹如个体成长一样，宗教时代意味着童年时光中父母庇护下的自我同一性，而过渡到现代性年代则象征着成长过程中渐渐失去长辈（宗教）的庇护，以及进入社会（现代性时期）后的精神分裂状态（价值多元和逐渐混乱）]。

比如19世纪末20世纪初，哲学方面，尼采的"超人"意志取代了上帝救赎的观念，在勒庞《乌合之众：大众心理研究》（*The Crowd：A Study of the Popular Mind*）揭示的社会规律之下，崇尚无上权力的政治强人领袖，通过对社会大众情感的操纵利用，来达到自己大权独揽的最终目的；而在生物学范畴中，"物竞天择，适者生存"的进化论理念也延伸到社会科学领域，出现了社会达尔文主义，进而为纳粹极端种族主义意识形态奠定了基础；在心理学方面，弗洛伊德的精神分析学说探索了人类的潜意识世界，令压抑于内心深处的情感欲望迸发出来，成为一种"力比多"式的强大力量。

这种力量的负作用，诸如对现代社会的焦虑、恐惧、仇恨、痛苦……正逐渐形成一种"集体性情感状态"。表现在这一时期的先锋艺术思潮，诸如表现主义等艺术风潮之中，该艺术精神影响下的艺术作品，深刻揭示了现代社会的时代伤痕，进而深入到人类族群的精神梦魇之中。

以上种种现代性时期的变化，也反映在《指环王》电影的文本里。我们知道索伦（Sauron）及其意志化身——至尊魔戒，不仅象征着独裁统治，还代表着至高无上的权力，这种权力控制、奴役天下苍生，通过操纵人类的情感和欲望，引诱凡人试图掌控一切，诱使他们投靠黑暗势力。

至尊魔戒的存在具有一定的警世意义——许多英雄人物的堕落历程，多半源于战场上的英勇杀戮，以及深藏于人性之中的猜疑、嫉妒和自负。曾经战胜索伦的凡人首领，也会变成内心欲望的俘虏——屠龙少年终成恶龙，而这也正是在残酷战争、无尽暴力、政治对抗中即使取得胜利，还是会让灵魂深处遭受腐蚀。与此同时，黑暗力量的挑拨离间、搬弄是非，也最终让善良的个体变为恶魔的仆人，继而堕入无尽的深渊之中。而在种族多元性方面，纵观护戒团队，可以发现其是由霍比特人、人类、矮人、精灵等多个族群组成，他们的代表共同踏上了这场"毁灭魔戒"（终结独裁）的艰辛旅程。

托尔金创作《指环王》的时代与"二战"时期几乎同步，或许正是耳闻目睹了现实中纳粹的极端意识形态和种族灭绝行为，令作者更加坚信多元平等的价值理念，不同族群组成的护戒团队及战场上的相互协作正体现了这一信念。

此外，托尔金本人亲身经历过第一次世界大战，他征战于沙场，亲眼所见惨绝人寰的战争场景，也因此在他的心中留下了严重的心灵创伤，而托尔金也把这种杀戮留下的伤痛寄托在了笔下人物的身上，佛罗多背负魔戒所感受到的折磨与痛苦，也正是作者本人经历的真实写照。

在历经了这些痛彻心扉的人间悲剧之后，人类曾经的美好过往已然无法复归。现代性时期的心灵伤痕永久性地镌刻在我们的肉体和灵魂之中，犹如至尊魔戒的"原罪"那般，留存于托尔金描绘的神话世界之内。

在如此巨大的浩劫、灾难、动荡之后，还有什么事物和精神值得相信呢？托尔金在"魔戒"系列文学作品中究竟想传达什么价值主张呢？或许真正的警示和救赎存在于上帝的旨意之中——这世间兴许充斥着无尽的罪恶，如同幽灵在暗夜荒野中游荡那般，蛊惑众生。

黑暗力量是耐心的、慷慨的、伺机而动的、腐蚀心灵的，它在公正中置入残酷，在同情中蕴含轻视，在友爱中投下猜疑。然而在这空前的暗影笼罩的绝望面前,纵使有一丝烛光的到来,都会产生希望的火花,而这光亮或许就是爱、友谊、牺牲和奉献,其发出的永恒之光将神性印刻在众生心间,万世长存。

(本篇文章于 2021 年 5 月 14 日首发于电影评论媒体"深焦 DeepFocus"微信公众号)

❖ 《蝙蝠侠》：利维坦、身份政治和"黑暗骑士"人物分析

作为漫画史中最为经典的作品之一，《蝙蝠侠》（Batman）系列自诞生之日起，就收获大量迷友的关注和喜爱。近年来，这部系列作品以鲜明的角色塑造、晦暗的故事情节、深刻的哲学思考、深入的人性探讨吸引着越来越多的粉丝和观众，成为超级英雄作品中经久不衰的翘楚之作。

纵览这些作品，不管是原版 DC 漫画（DC Comics），还是克里斯托弗·诺兰（Christopher Nolan）的《蝙蝠侠》三部曲（Batman Trilogy），亦或是马特·里夫斯（Matt Reeves）

执导的电影《新蝙蝠侠》(The Batman),我们总能在这些创作中目睹一座腐败横行、官商勾结、犯罪丛生的都市——哥谭市(Gotham City)。在这个堪比纽约(巧合的是,《蝙蝠侠》中哥谭的城市氛围和市容受到纽约市的影响[1])的"罪恶之城"中,贪腐无能的政客、挥金如土的富商、无恶不作的帮派、张扬跋扈的精英,他们群"氓"割据、称霸一方,同时又相互勾结、串通一气,在普罗大众头上肆无忌惮、作威作福。整个哥谭阴云笼罩、暗无天日,人民生活在水深火热的悲惨境地之中。

混乱不堪的哥谭呈现的状态异常"暴力"和"野蛮",这与英国政治哲学家托马斯·霍布斯(Thomas Hobbes)描绘的人类原始状态异常相似。在《利维坦》(*Leviathan*)中,霍布斯描述了人类社会的原初形态——一种恣意妄为、混乱不堪、互相为敌、竞相残杀的"野蛮"状态。每个人的安全都无法得到保障,因此需要让渡自己的部分自由给予一个超个人的实体——国家,而国家则履行与公众的社会契约,来保护他们免遭彼此伤害。

---

[1] NOAH SHEIDLOWER. WHY IS NEW YORK CITY CALLED GOTHAM? A NICKNAME WITH A MILLENNIUM OF HISTORY [EB/OL]. Untapped Cities, 2020-01-31.

霍布斯认为没有国家出面维持秩序,生命将"孤独、贫瘠、肮脏、野蛮且短暂"[1]。德国社会学家马克斯·韦伯（Max Weber）进一步指出,只有国家和政府具有合法使用暴力维护社会秩序的权力[2]。

显而易见,哥谭并非没有政府,这座城市尚未处于无政府状态。然而,当政府成为徇私舞弊、贪赃枉法的罪恶之源,公共机构、司法机关和警察组织收受贿赂、官商勾结,与各种犯罪势力串通勾连、狼狈为奸之际,这些为公共利益服务的公职人员就堕落为腐败不堪的邪恶化身,成为一切"罪恶"的始作俑者。

《蝙蝠侠》系列作品呈现的这一幽暗腐化的社会现状,与其诞生的时代背景交相呼应。这部漫画最初发行于20世纪30年代末,彼时美国经济正遭受大萧条（The Great Depression）余波的强烈冲击。伴随都市扩张、贫富分化、社会分野,一个政治腐败、黑帮林立,犯罪激增的黑暗都市映入眼帘。而克里斯托弗·诺兰的《蝙蝠侠》三部曲则展

---

[1] [美]马克·D.怀特、罗伯特·阿尔普.《蝙蝠侠》与哲学：黑暗骑士之魂［M］.南京：南京大学出版社,2022：63.
[2] [美]马克·D.怀特、罗伯特·阿尔普.《蝙蝠侠》与哲学：黑暗骑士之魂［M］.南京：南京大学出版社,2022：60.

现了21世纪黑金政治的社会现实,亦呈现普罗大众对精英阶层的敌对仇视。在美国,由共和党人莎拉·佩林(Sarah Palin)掀起的对华府建制派精英政治的抵制,伴随2008年金融危机深层震荡余波未了,以唐纳德·特朗普(Donald Trump)当选美国总统为标志,掀起一波未平、一波又起的民粹主义运动。美国各个社会阶层都处于极度撕裂之中,反精英、反体制正逐渐成为一种时代精神,而这在马特·里夫斯执导的《新蝙蝠侠》中得到体现。

在《新蝙蝠侠》这部作品中,以谜语人(Riddler)为代表的普通人,日渐感受到贫富分化所带来的压抑现实和无望人生。与养尊处优、荣华富贵的精英们相比,他们年少时起,便徘徊于聚光灯的焦点之外——不管是学校时光,亦或是现实生活,他们都被视为异类、怪胎,从未有媒体人替他们发声呐喊——主流媒体从未关照过这类人群。20世纪90年代,"注意力经济"不断兴盛,新闻报道逐渐娱乐化、商业化、资本化,他们关注的是那些具有商业、娱乐价值的名人八卦,以及危言耸听的骇人事件。

社会底层的发声日益被大众媒体所忽视,然而,伴随互联网的快速发展及社交媒体的日渐兴盛,个人自主发声的时代已然到来。社交网络让每个人的声音都得以展现，人们以不同的意识形态、政治倾向结成社群，"身份政治"得以形成，这让网络中"部落化"的虚拟社群也有了社会影响，对国家、政府、党派、体制的不信任，"后真相"（Post Truth）时代资讯信息的无所适从，让这些人群对隐藏在民主、自由表象下的阶级分化、种族分野、性别分隔、价值分裂心生共鸣，他们聚集起来，形成一股反建制的社会力量。

电影《新蝙蝠侠》中，谜语人先后杀死了多名政府要员，并通过社交网络点燃仇恨、煽动对抗，掀起这股对腐败精英的"围剿"风暴。而蝙蝠侠则要在腐化堕落的政府、警察势力之外，维持现存秩序于不倒。吊诡的是，蝙蝠侠这样的"法外之徒"，实际上并没有使用暴力将犯罪分子绳之以法的权力。在政府眼中，他与谜语人、小丑（Joker）、毒藤女（Poison Ivy）别无二致，是扰乱公共治安、需要被制裁的"犯罪"分子。因为如果对蝙蝠侠网开一面，也就意味着默许民众拥有"法外施暴"的权力，所有人都可以展开类似行为，国家与人民的"契约"便不再有效，社会将重归霍布斯所言的"野蛮"状态。然而，如果政府本身已然成为邪恶化身、罪恶之源，行政的合法性和公信力该如何确立，它继续作为唯一使用暴力维护治安的实体能否成立？是否应该有其他力量挺身而出，维护现存法律秩序？

进一步而言，这个社会的法律与秩序究竟由谁来确立？社会的"常态"和"非常态"的标准到底如何判断？我们习以为常的规则是否应该受到民众质疑？哥谭有一座诡异风格的精神病院——阿克汉姆疯人院（Arkham Asylum），在这里关押着形形色色蝙蝠侠的宿敌，他们精神错乱、人格分裂、自恋成性。然而这些罪犯是否真的是精神失常呢？当代法国哲学家、思想家米歇尔·福柯（Michel Foucault）认为，身份是权力结构、权力关系、权力作用的产物，我们习以为常的法律规范背后的隐形规则需要引起注意，人们在不知不觉中被既定法律规范所规训，这些由人类建构的法则鲜有被质疑。同样地，所谓精神正常和精神失常并非客观存在，它们是在长期的历史文化过程中由人为建构而成的，就像一枚硬币的正面与反面那样相互依存。[1]

---

[1] [美]马克·D.怀特、罗伯特·阿尔普.《蝙蝠侠》与哲学：黑暗骑士之魂[M].南京：南京大学出版社，2022：120-140.

作为蝙蝠侠的头号宿敌，小丑与"黑暗骑士"就像是这枚硬币的正反两面，他们都经历过现实中严重的心灵创伤，内心都受到过不幸遭遇的扭曲。曾几何时坚信的美好生活在突如其来的毁灭性打击面前荡然无存。暴力颠覆了他们心中秩序井然的世界，混乱让他们体悟到世间残酷无情的本质。现实的幽闭、社会的阴郁、人生的荒诞，让蝙蝠侠和小丑殊途同归。他们被过往的不幸人生所牵绊和束缚，尽管都目睹或经历了骇人听闻的恐怖事件，两人的价值观念和人生选择却截然不同。蝙蝠侠的内心比任何人都更为认同现存秩序的重要。尽管社会普遍存在不公，但他仍在严格的道德约束下开展行动。蝙蝠侠惩治罪犯的做法与体制不尽兼容，却可以同制度产生互补。小丑则拥抱混沌不堪的世间万象，他认为这个世界上根本没有公平正义、法律秩序而言，因为所有的事情就像洗过的扑克牌那般，是随机发生的，你永远不知道下一秒会发生何事，世界本身就是荒诞不经的。蝙蝠侠与小丑代表着一种大相径庭、水火不容的二元价值对立，在某种程度上，他们都执着于某项价值观念主导下的事业，都将自己塑造成哥谭城市的标志性符号。

身为一种符号象征，蝙蝠在西方文化中有着邪恶隐喻。神话传说、宗教预言中，堕落天使撒旦（Satan）、吸血鬼德古拉（Dracula）无不是以类似蝙蝠的形象示人。依据瑞士心理学家卡尔·荣格（Carl Gustav Jung）的原型理论，大量的文化符号在漫长的人类历史进程中被赋予不同的意象，蝙蝠作为邪恶的象征（在西方文化中是邪恶的象征），预示着恐惧和不安。然而，蝙蝠侠的出现却改变了这一符号的内涵意义，他将其泛化为一种让犯罪分子不寒而栗的恐怖象征，从一种负面的文化含义建构为一种积极的社会形象。

蝙蝠侠之于哥谭的意义，好比古希腊的治国者、护卫者和合格公民对于城邦的价值那般。如果把哥谭比喻成一座城邦的话，这注定不是一片净土。古希腊哲学家柏拉图（Plato）在《理想国》（The Republic）中描述了他心目中理想的城邦建制。这座城邦的人民应该具有如下品质——智慧、勇敢、节制、正义。在城邦内，由聪慧过人的哲人统治、勇敢无私的卫士守卫、和谐节制的公民担当，而正义也因智慧、勇敢和节制，存在于社会的各个阶层之中。

纵观哥谭市，在这里既没有为民服务的政治家，也没有骁勇善战的护卫者，亦不存在和谐共生的共同体。整座城市的正义维系于一位超级英雄身上，而他就是蝙蝠侠。这位英雄孤军奋战在腐败横行的哥谭市内，打击着无处不在的犯罪活动，保护着身处其间的民众安全。他的身世背景与身份地位以及曾几何时的悲剧经历折射着世间普遍的矛盾和冲突，这种冲突无法调节，不仅体现在蝙蝠侠个人身上，也展现于现实社会之中。

蝙蝠侠是一个二元矛盾对立的个体，他既是亿万富翁、花花公子——布鲁斯·韦恩（Bruce Wayne），同时又是打击犯罪、嫉恶如仇的"黑暗骑士"；他拥有着普通人艳羡无比、养尊处优的社会地位，却又在年幼时经历着常人难以想象的丧亲之痛；他拥有无尽的社会资本、人脉名望，本可使自己更好地利用资源获得一切，却选择化身蝙蝠侠昼伏夜出打击犯罪；他本可一走了之、远走高飞，远离这座黑暗腐化的堕落都市，然而他最终选择驻留在这里，只为信守对父母临终的承诺，以及对哥谭这座城市人民的眷恋和不舍。尽管对蝙蝠侠而言，这里并未带给他快乐、幸福，亦或是成就、荣誉，其"法外之徒"的身份往往令他深陷政府、民众、罪犯的多重攻击之中。极具分裂的哥谭社会环境与蝙蝠侠自身矛盾的身份特征仿佛一组隐喻，预示着冥冥之中蝙蝠侠的命运——他就是这座分裂城市的象征，这座分裂的城市就是他内心风暴的最终归宿。

在这座哥特风格的灰暗城市之中，蝙蝠侠形单影只（尽管蝙蝠侠和猫女之间有着若聚若离的暧昧情感，但是他从未让一位异性走入他的内心，因为与他相伴，一旦身份暴露，便预示着危险无处不在）、孤影随行，他的内心长存愤怒、仇恨和痛苦，生活暗淡无光、阴郁无比。蝙蝠侠既无恋人，也无挚友，其内心永远与他者保持距离，无法向他人袒露自己心灵的伤疤、灵魂的创伤，也因此，尽管有蝙蝠家族（Batman Family）协助他打击犯罪，蝙蝠侠本人几乎很少袒露自己的内心，用孤胆英雄形容他绝不为过。

然而，这样一位永远保持愤怒与仇恨、永远孤单身赴绝境、永远坚定打击犯罪的超级英雄，是否会被内心波涛汹涌的暗黑能量吞噬，善恶之念往往只在一瞬之间，历史上英雄堕落成恶魔的例子不胜枚举，更何况在《蝙蝠侠》的世界中，阴暗闭塞的都市角落里，每天都发生着骇人听闻的犯罪案件。在这里，混沌无常是世间常态，变态杀人狂、帮派、毒贩竞相出没，政府腐败无能、恶霸盘踞一方、人民麻木不安，面对如此残酷的社会环境，长此以往，黑暗注将湮没蝙蝠侠的良知。也正因为如此，他需要良师益友的关爱和引导，而韦恩家的管家阿尔弗雷德便是这样一位人物，他对布鲁斯·韦恩奉献着自己无私的关爱。纵然蝙蝠侠驰骋于罪恶横行的都市之中，阿尔弗雷德仿佛他逝去的父母那般，疗愈着他的肉体之伤、愈合着他的灵魂伤疤……

在诺兰执导的《蝙蝠侠：黑暗骑士的崛起》（The Dark Knight Rises）中，为了拯救哥谭免遭核武器毁灭的打击，蝙蝠侠以自我牺牲的代价完成了宿命人生的终曲——他仿佛是歌谭上帝一般的存在，在殉道的祭坛面前，用自己的毁灭和终结救赎着人们堕落不安的灵魂。哥谭是蝙蝠侠故事的起点、却并未是其传奇的终点。在这里，他最终在迈向天国的旅程中获得了内心的安宁和自由，化作哥谭这座城市的符号、象征和图腾，作为一种永恒的标志，留存在世人心间。

❖ 乔治·卢卡斯的处女作，是一则反乌托邦神话
——电影《五百年后》影评

影迷朋友们经常在影院里（或影碟上）看到"THX"三个英文字母，它们作为卢卡斯影业（Lucasfilm Ltd.）旗下视听效果认证标准的名称，最初来自乔治·卢卡斯（George Lucas）大学时期拍摄的实验短片《五百年后》（THX – 1138），1971年该片被摄制成长片并在影院上映。尽管卢卡斯的这部大银幕处女作在票房上完败，但不可否认的是该片是一部颇具作者风格的佳作，其展现的悲观压抑的未来世界令人印象深刻——片中"反乌托邦"式的主题内容让观众不禁想起《1984》（*Nineteen Eighty – Four*)、

《美丽新世界》(*Brave New World*) 中的思想主题；而非理性的剪辑手法、抽象的视听语言又让影迷朋友们联想到戈达尔、费里尼等名导的作品。纵观卢卡斯的拍片史，《五百年后》的地位如此特别，它既不像之后的《美国风景画》(American Graffiti) 那样通俗易懂，也不像《星球大战》(Star Wars) 那样获得了票房的成功。尽管如此，该片却让世人领略了卢卡斯出众的才华，展现了一个知识分子型导演的人生观、世界观、哲学观。

一、抽象的形式与晦涩的内容，晚期资本主义社会的呈现

《五百年后》讲述的是未来的故事——五个世纪后人类居住在地下世界，所有人都用字母、编号称呼，他们剃光了头，受到严密监视。在这个巨大的"蜂巢"式社会中，人们从事着繁重的劳动，服用药物压抑着自己心中焦虑的情绪，并通过虚拟的感官影像满足内心的欲望。在这里，每个个体都过着按部就班的生活。直到有一天，一位编号 THX – 1138（以下简称"THX"）的男性工人在女性室友 LUH 的帮助下停止服用药物，思想上的觉醒使他开始了漫长的逃亡之旅……

以上就是《五百年后》的故事情节，影片内容带给观众一种未来感，而与这种感觉相伴的是，该片的视听表达、叙事结构也呈现出实验性的特点。与20世纪初欧洲先锋派电影运动相似的是，《五百年后》十分重视影像语言的表现，极简主义式的画面构图展现出导演强烈的个人色彩。而同这种抽象的视觉符号相对应的是，该片的叙事结构也未遵循传统的因果律，亦未采用经典的戏剧冲突模式。作为一部实验影片，《五百年后》一片中有大量令观众不知所云的人物对白和匪夷所思的场景设置，种种桥段的呈现同观众观看和思考拉开了一定的距离。

此外，该片的文本结构呈现出碎片化的特点。《五百年后》反映的是晚期资本主义社会的方方面面，而这一时期的突出传播特征便是媒介信息的碎片化、现实的景观化，电影作为大众传播媒介的一种，其内容和形式也会是影片思想主题的投射与反映。《五百年后》一片所展现的文本结构的碎片化也契合了晚期资本主义社会发展的特点。

"娱乐至死"的文化氛围也是该时期社会的典型特征之一。影片中身心感到不适的THX下班回家后打开了全息投影设备，映入眼帘的是充满性欲暗示的视频影像，这一情节设置极其类似赫胥黎的反乌托邦小说《美丽新世界》中感官电影的设定。

在卢卡斯构想的未来社会中，官能上的享受代替了理性的思考，片中表达的这一忧虑也出现在尼尔·波兹曼的学术著作《娱乐至死》（Amusing Ourselves to Death）一书中：印刷术时代是理性的时代，作为思想观点的物质载体，书本的大规模印刷使理性至上的风潮成为社会主流，而随着科技的不断发展，伴随电报、广播、摄影术、电视机的相继发明，信息传递的内容、方式也发生了巨大的变化——从注重抽象思辨到追求感官刺激、从发觉内在本质到崇尚外在表象、从推崇启蒙理性到步入娱乐时代，人们每天被动地接收着毫无关联的各种信息，在碎片化的资讯时代，他们放弃了独立思考，摒弃了质疑精神，逐步堕入"娱乐至死"的世界，在享乐中放弃了人身自由。

二、未来世界的图景：机器大生产、科技进步与消费狂欢

《五百年后》描绘了一个完全被资本逻辑、商业伦理所控制的社会（片中追捕逃犯时也在计算成本），展现了机械

化大生产对劳动者的异化。男主角 THX 工作的工厂犹如一台巨大的机器，每个工人都是这台机器中必不可少的"螺丝钉"，他们存在的意义仿佛查理·卓别林（Charlie Chaplin）的电影《摩登时代》（Modern Times）里不断转动的齿轮那般，没有自由意志，亦不具备自我意识，其行为只是被动地完成自己份内的工作。我们知道，根据亚当·斯密（Adam Smith）的劳动分工理论，每个个体各司其职便能提高生产效率，专业化的分工促进了经济增长，为将来的扩大再生产奠定了基础。工业化大生产虽然创造了无数的物质财富，却让身处其间的人们受到了异化，他们与自己的劳动产品相分离，并被迫成为机械时代"原子化"的个体。在他们身边，机器与人的边界正在消失，个体劳动的自由正受到侵蚀。

与此同时，机器大生产所伴随的科技创新日益将启蒙理性的思想纳入到现实生活中，科学作为一种进步的观念逐步进入世俗领域。人们习惯通过实验的方法，用数学模型来解释自然万物和社会现象。在影片中，当男主角有情感（爱）活动时，当局便使用医疗科技来解释其生理现象——自动化的诊疗设备将他的反应转化为图表和数字，人的各种机能简化为抽象的符号。在探究未知世界的征途中，人们更少地利用自身的直觉、想象和联想去探索，科技理性成为了探知陌生世界的主导。

除此之外，科技进步所带来的物质产品的丰裕，使得消费文化得以盛行。工业革命以前，消费往往意味着铺张浪费，那时的人们信奉着勤劳节俭的传统美德。而随着工业革命的进行及19世纪中后期欧洲大规模的城市化运动，数以亿计的商品被制造出来，此时的消费活动也被赋予了新的含义，成为炫耀自身阶层地位、促进经济发展的重要途径。而在影片《五百年后》中，消费已然成为一种新的宗教，它的"魅影"笼罩在人们的观念意识之上，成为这个时代永恒不变的"真理"——努力工作、努力消费的"宗教箴言"规训了广大的民众，使他们不仅成为劳动生产的奴隶，也化身消费神话的信徒。

三、反乌托邦的神话，改革者和反叛者的形象

《五百年后》一片展现的社会也是一个缺乏情感的社会。影片中每个个体都通过药物来抑制自己的感情和冲动，同时依靠虚拟的感官影像刺激来满足自己内心深处的欲望。影片中男女主角THX和LUH的名字分别有所隐喻：THX的

发音类似于Sex（性）、而LUH的读音则近似于Love（爱），他们的名字暗示着其内心深处被压抑的情感欲望，也象征着THX和LUH两人都是离经叛道的人——他们敢于打破按部就班的生活规律，放弃被安排好的生活而去寻找生命和人生的意义。

在反乌托邦小说《美丽新世界》中，拥有情感的个体被认为会给社会带来危险。因此抑制情感、减少日常生活中的不确定性便成为体制的首要任务。在这种环境中，个性受到压制，多样化的人生变成了千篇一律的生活图景——为了达到对个体的控制，《美丽新世界》中每个新出生的婴儿都必须是生物工程的产物、他们依据严格的标准被"生产出来"，且长期接受"睡眠教育"的熏陶，在情绪出现异常时有"解忧丸"供他们服用。以上小说中的设定也出现在《五百年后》里——婴儿的胚胎都是人工培育的，通过广播反复灌输同一观念，人人服药压制情感。

然而与《美丽新世界》不同的是，《五百年后》一片展现出的觉醒来源于底层人民，而在《美丽新世界》中则是部分上层人士或外来者（不在"文明世界"的野蛮人）对体制的质疑所产生的醒悟。《五百年后》从非精英化的视角讲述了反乌托邦的故事，展示了卢卡斯平民化叙事的一面。

此外，影片中 THX 与 SEN（与 THX 一起逃离的同伴）两个角色截然不同的命运代表了他们是不同政治理念的践行者——SEN 是体制内的改革者，而不是革命者。他仍旧坚信通过阶层的流动，以自己的力量改造体制，便会使其变得更好，所以他最终并未逃离地下世界；而 THX 则是彻彻底底的反叛者，当他看到制度的弊端后，唯一去做的便是逃离这个体制，去追求更大更多的自由……

与影片中的 THX 一样，乔治·卢卡斯也是好莱坞体制的反叛者，出生于加州小镇的他最终在资本逻辑、娱乐至上的好莱坞获得了立足。追求独立性、自主权是他拍摄影片的唯一目的，也让他创建了自己的电影帝国。然而如同 SEN 一样，他也未能逃离这个晚期资本主义世界，而是成为体系中的一分子。在卢卡斯身上我们看到了理想主义者的身影，也感受到了现实主义者的无奈，这无奈伴随着每个人，在漫漫的人生征途中无数次地再现于生命之中。

（本篇文章于 2018 年 11 月 3 日首发于电影评论媒体"深焦 DeepFocus"微信公众号）

✦ 想到20世纪90年代日本，就总想重看这部剧
　　——日剧《未成年》剧评

　　1995年是日本社会文化史上极为重要的一年：这一年现象级动漫作品《新世纪福音战士》（新世紀エヴァンゲリオン）的播映描绘了新世代青少年的精神世界：随着泡沫经济的崩裂及阪神淡路大地震等天灾人祸的降临而产生的悲观厌世、迷茫不安、懦弱不定的性格特点。而与这部动漫作品相对应的是，1995年也播映了一部反映年轻人生活状况的日剧作品，这部剧作便是由金牌编剧野岛伸司主笔的《未成年》。该剧与当时一般青春题材的日剧作品有所不

同，它的内容并没有表现廉价的爱情、岁月的静好、光明的未来，而是告诉我们青春并不总是那么美好。这是一个夹杂着痛苦与眼泪、混合着焦虑与忧愁、充斥着迷茫与不安的过程。该剧试图从批判的视角剖析社会万象，以人道主义的手法疗愈现实中的创伤，并记述下少年们成长道路中所接受的残酷的成人礼——它将时代大环境的矛盾冲突和个体情感命运的跌宕起伏结合起来，展现出一幅爱与恨、信任与背叛、服从与反抗的青年众生浮世绘。

一、青年众生浮世绘——日本 20 世纪 90 年代社会青年群像

日剧《未成年》通过描绘 8 位年轻人的成长经历，展现了一幅 20 世纪 90 年代日本社会青年的群像。

男主角高中生博人并非是一个十全十美的少年，与人生道路平坦、学业有成的兄长相比，他并无几分特长，对学校教育的反感从一开始就注定了他与哥哥不同的命运。与青春期的同龄人一样，博人内心懵懂而躁动，渴望美好爱情的降临，希望得到别人的关心和理解。他幼年丧母，从未体会过母爱，而哥哥的优秀又使他得不到父亲的关心，

亲情的缺失使他对长辈、对学校、对社会有一种天然的反抗心理；他又是一个重情重义的少年，因为自己的经历使其更能体悟到身边同伴的疾苦。他对身患重病的萌香的关怀、对脑部受到创伤的木偶的同情、对黑帮混混五郎的兄弟情义……都使他成为这部剧中当仁不让的"英雄"。这个"英雄"并不是一个追求远大理想的男孩，而是把身边每一个朋友的疾苦都放在自己心里的少年。他关心的是具体的人，而不是关于人的抽象的概念。博人的角色让我们觉得平易近人，是因为他身上有着凡人的影子，而该角色又是如此伟大，不仅因为他批判、反抗着僵化、保守的现存制度，更因为他身上散发着太阳一般的光芒，这光芒温暖众生。

如果说博人是这部作品中英雄般的存在，那么萌香便是剧中圣母般的化身，她不仅守护着博人，也支持着身边的每一个同伴。缺乏亲情关爱的博人正是在萌香那里得到了母爱的关怀，她的音容笑貌、一言一行都温暖着这个成长中男孩的内心，让他在残酷复杂的现实面前仍能体会到爱意的存在、在冰冷的人际关系中仍能感受到温暖的关爱。与博人一样，萌香也是一个渴望被爱的人：尽管身患绝症，她仍希望像正常人一样得到爱情，即使这需要以生命作为代价。两个渴望爱的孤独生命的相遇使他们从彼此身上得到了温暖，也让他们把这种温暖传递到每一个同伴的心底——每个人灵魂深处都有伤痕，她们都需要被爱和温暖去抚慰。

市井阶层出身的少年顺平和加代子是男主角博人的高中同学，剧中他们三人复杂的爱恋关系是这部剧集中一个重要的矛盾冲突，它推动着故事情节的发展。顺平人如其名，是一个归顺的市井阶层的平民少年，胆小、怯懦是其主要性格特点，他爱慕着加代子，却羞于向她表白；而加代子则对博人倾慕有加，她对顺平的追求不仅毫不在乎，甚至加以利用以达到自己的目的。顺平的懦弱、做事时的摇摆不定、明哲保身，加代子的嫉妒心之强和不达到目的不择手段的性格特点展露出他们成人化的一面。他们是现存社会丛林法则的捕食者、被猎食者，是制度的适应者、归顺者。

由20世纪90年代偶像男星反町隆史、前国民组合SMAP成员香取慎吾饰演的黑帮小混混五郎和弱智少年木偶是该片画龙点睛的亮点。尽管他们是这部作品的配角，且两人饰演的角色都是社会边缘人物——五郎虽然很早就进入社会，但他的内心却像孩子般单纯，重情重义、敢作敢为，为朋友打抱不平甚至愿意牺牲自己的生命；木偶脑部受过创伤，智商只有几个月大儿童的水平，他被同龄人排挤甚至受小孩子欺负，然而透过他那双纯真的眼眸，你能感受到他对朋友的赤诚之心、聆听到他内心的倾诉和对现实无声的批判。这两个边缘人物的生活经历是如此悲惨，他们时时刻刻被人摆布利用、欺骗侮辱，很少有人为他们发声、替他们呐喊。两人的悲惨遭遇正是对这个社会无声的控诉，反衬出社会中成人世界的黑暗丑恶、虚假伪善、人心的自私自利。

政治精英阶层出身、家境优渥的少女小瞳（歌姬滨崎步少女时期出演）和准备考取东京大学的高材生神谷，她们两人一个是体制既得利益者的后代、另一个是准备进入体制高层的少年。他们本该最认可这套社会生存法则，但实际上却和同伴们一样，内心迷茫不安，忧愁焦虑。青春期的爱恋心理使神谷倾慕着这个伤感不安的少女，起初他并不了解小瞳的家庭背景，也不知道她为什么愁眉不展；而神谷对于自己为什么要考入东京大学也没有清晰的认识，只知道这是要完成母亲的愿望。在内心不断的质疑下，在与同伴的人生冒险中，在一次次矛盾的冲突下，神谷逐渐成长起来——他曾堕入无尽的深渊，绝望的现实让其疯癫和痴狂，然而，在朋友无私的爱意与救赎下，神谷最终感受到了温暖和希望，肩负起了曾经无法承担的重担，内心也经历了成人世界的洗礼：他不再是那个被动进入体制的高材生，而是成为一个从更广阔、更本质的视角认识这个制度的少年。

二、现代性的撕裂——当代社会中个体的焦虑与困惑

作为一部直面现实的电视剧作品，《未成年》展现了一组时代青年的群像。通过描绘年轻人跌宕起伏的情感命运，反映了时代大背景下风起云涌的社会变迁。

该剧播映的 20 世纪 90 年代，是日本经济结束高速成长，进入"二战"后最大规模衰退的时期。伴随着泡沫经济的崩裂，各种社会问题浮出水面——企业破产事件的陆续发生、终身雇佣制的难以为继、"求职冰河期"的突然到来、援助交际的盛行于世……此时的日本社会，悲观压抑的气氛笼罩在人们心头。

社会分化在这一时期也变得日益严重，阶层意识从"一亿总中流"的观念向"格差社会"转变。尽管"二战"后长期以来日本社会都以平等著称，但不可否认的是，泡沫经济本身造成的财富快速集中，崩裂后引起的资产迅速贬值，使贫富差距不断扩大，众多家庭无法偿还泡沫时期被迫背负的巨额债务，令他们的生活难以为继——剧中木偶一家经营的机械加工作坊面临的危机，正是20世纪90年代泡沫经济崩裂后日本中小企业的真实写照［泡沫经济时期由银行等金融机构过度放贷造成的不良贷款问题在衰退期集中爆发，热门日剧《半泽直树》中也有所展现］，其艰难的处境反映出格差社会中失败者的悲惨命运。

在经济持续低迷、阶层不断固化的背景下，社会竞争的压力不降反升。人们希冀向上流动的观念从昭和中后期（指"二战"后经济高速成长期，电影《永远的三丁目的夕阳》中有所展现）一直延续到平成初期，且这种观念引起的竞争行为日趋白热化，教育领域的竞争尤其激烈。早在20世纪70年代，日本教育界便对"考试地狱"问题进行探讨[1]；

---

1 王怀旭. 20世纪70年代日本"考试地狱"问题及其应对策略［J］. 当代教育科学，2015（3）：60-64.

80年代著名歌手尾崎丰也通过歌曲对学校、社会体制不公进行了批判；青少年问题日益成为媒体关注的焦点，诸如升学压力、校园霸凌、援助交际、少年罪案等负面现象不绝于新闻报刊版面[1]。《未成年》一剧直面这些扭曲的社会问题，展现出编剧野岛伸司深刻细腻的社会洞察力，亦反映出泡沫经济崩裂后社会发展的万千弊端。

《未成年》中有一组对比强烈的特写镜头：年幼的孩子手中握有攻击性的武器（石头），而弱智少年木偶掌中却保护着无辜的生命（乌龟）。这一组对位镜头蕴含着一种隐喻，反映出现实竞争的残酷激烈，亦表达出作者对"生命哲学"的思考。剧中的施虐者是年幼无力的小孩，在这里年龄的大小、体力的强弱并不是施虐的主要原因，"物竞天择""弱肉强食"式的"社会达尔文主义"观念[2]才是其根本缘由。更为可怕的是，这种观念已深入孩童的内心，仿佛宗教信仰一般控制着他们幼小的心灵，令他们的行为展露出一股原始般的野蛮。

---

1 [美]安德鲁·戈登. 日本的起起落落：从德川幕府到现代[M]. 广西：广西师范大学出版社，2008：400-402.
2 Herbert Spencer [EB/OL]. Stanford Encyclopedia of Philosophy, https://plato.stanford.edu/entries/spencer/, 2019-08-27.

"社会达尔文主义"使人变得自私自利、残酷无情,这一点在剧中多次呈现(顺平因为在甲子园比赛中失误导致队伍出局,被学弟欺负),该观念已根植于大众思维的深层结构中,成为一种"集体无意识",同时又外化为一种机械式的、客观化的、超个体般的社会文化规范制度,束缚并规训着身处其间的人们。现实的体制违背着人类作为完整生命存在的本性,这与法国思想家卢梭的观点不谋而合,是社会制度破坏了个体美好的天性,而救赎人类的唯一办法便是拒绝这个"疯狂"的社会、抗拒这个"失衡"的体制,让人类重归自然、回归天性。

除了批判"社会达尔文主义"观念,《未成年》剧中也展现了现代性的另一特点——通过木偶一家被银行逼债,可以看出现代经济制度的弊端。现代性世界中,货币扮演着重要角色,其存在提高了经济效率,加快了社会节奏。它在带来便利的同时,也挖空了事物的核心;货币的特性是化质为量(化价值为数字),是理性化观念和行为的结果[1]。《未成年》剧中批判了这种以冷冰冰的数字为代表、以理性为

---

1 [德]格奥尔格·齐美尔,著. 桥与门——齐美尔随笔集[M]. 涯鸿,宇声,等译. 上海:上海三联出版社,1991:258-279.

核心的社会评价机制。在某种程度上，这种理性机制与马克斯·韦伯所说的工具理性颇为相似。

现代社会越来越重视工具理性式的利益计算，而忽略了多样化的价值追求。如此以往，人类越来越多地把自己的同类当作工具使用，当成满足个人私欲和利己目的的手段。现代性的世界，尤其是现代城市文明中的激烈竞争，理性计算使个体日益"原子化"、社会空间逐步"陌生化"，每个人都变成都市"汪洋"中的一座座"孤岛"，他们孤独、空虚、寂寞，缺乏必要的情感支持和社会援助。《未成年》的最后几集中，在卡朋特兄妹（Carpenters）演唱的老鹰乐队（Eagles）名曲《亡命之徒》（Desperado）的音乐声中，博人和他的朋友们展开了逃亡之旅，他们逃离了大都市（现代、工业信息文明），回到了乡下（传统、农耕文明），这隐喻着一种返璞归真的观念，去回归一个田园牧歌式的人情社会、礼俗社会，而不是继续身处工具理性下的现代社会、法理社会。

这种理想式的乡愁情结和浪漫化地对逝去时代的美好追忆，代表了一种对旧日生活的依恋，"世外桃源"般的幻想恐怕只存在于现代都市人的怀旧思绪中。尽管《未成年》

中回归本质的场景颇有乌托邦式的意味，然而在这部影视作品结尾剧情走向高潮——一种乌托邦式的反乌托邦情节时，作为剧中理想化英雄人物出现的博人身上的崇高精神得以升华：他的存在成为一个精神上的符号、一种灵魂上的象征，像一束耀眼的光芒穿越这无尽的黑暗，指引着每一个在人生道路中迷茫的年轻人……

（本篇文章于2019年5月29日首发于电影评论媒体"深焦DeepFocus"微信公众号）

✤ 那年我学开车，驶过少女的青春
——话剧《那年我学开车》剧评

《那年我学开车》(How I Learned to Drive) 由当代剧作大师波拉·沃格尔（Paula Vogel）撰写剧本，戏剧形式上的新颖让这部作品显得与众不同，而女性写作的视角则令剧作内容情感细腻。该剧曾获普利策戏剧奖、纽约戏剧评论圈最佳戏剧奖。全剧展现了女孩的青春成长之路，描绘了那不曾忘却的"青春残酷物语"。

一、新颖的形式——戏剧与电影艺术的融合

《那年我学开车》新颖的艺术形式令观众眼前一亮。叙

事方面，该剧借鉴电影艺术的表现手法——时空场景的非线性转换，突破了古典戏剧的传统，使情节段落间的交错拼贴形成一种"蒙太奇"式的戏剧效果，令观众在观剧时不停地思索，并形成自己独特的戏剧体验。

与此同时，该剧参考影视艺术常用的表达方式来增强叙事的层次性，通过主角的独白来勾勒角色过往的回忆，仿佛电影里的闪回镜头那般，运用画外音来表达人物内心的情感思绪。与其对应的是，剧作舞台会同时展现多个时空场景，将现实与潜意识中的画面一并呈现于台面之上，这有如电影里的叠化画面。运用这种手法，可以令人物刻画生动形象，将意识流画面聚像于观众眼前。

剧中，闭合的舞台正变得开放、"第四堵墙"正在被打破、互动式的戏剧表演模糊了观众和表演艺术家之间的界限、永恒统一的立意表达正向多元开放的阐释解读过渡。作为一部当代剧作，《那年我学开车》利用不同的艺术手段表达文本主题，其外在形式是现代的，透过这层形式表象去洞察内在本质，俨然发现进步观念与保守理念构成了该剧的精神内核——一个个现代社会中孤独矛盾的个体浮现于舞台之上……

二、现代性的悲剧——"洛丽塔"式的禁忌之恋

《那年我学开车》展现了一段"洛丽塔"式的恋情,它发生在"萝莉少女"和"中年大叔"之间。这场有违伦理道德的禁忌之恋,是女孩成长过程中的隐秘回忆。"酷刑般"的成人礼给少女留下了难以磨灭的创伤,而给予她痛苦的中年男人,同样是一个"受伤至深的现代人"。

孤独、迷茫、创伤、痛苦……一段残酷的"青春物语"将角色的精神世界呈现在观众面前:每个原生家庭不幸的少女内心或许都有一段"厄勒克特拉情结";每位忧郁敏感、含蓄多情的受伤中年男人心中恐怕都存在一位妙龄年华的"洛丽塔";小贝苦恼于自己曼妙的身材,烦扰于同性的嫉妒和异性的骚扰;而佩克姨夫则目睹过"二战"中惨绝人寰的悲剧景象、巨大的痛苦深深地埋藏在他的心底深处。

尽管两者年龄、阅历相差甚远,但现实中的苦恼和内心的孤独却让他们走到了一起。两人灵魂的深处,对彼此都是有感情需要的。

然而这种感情需要却令姨夫性侵了小贝,欲望的快感

暂时消逝了他内心的孤独，让他化身为权力的支配者。一方面，他利用小贝对他的仰慕和尊敬，借用成年男性的"人生箴言"，"循循善诱"着这个未成年的少女；另一方面，在某种程度上，佩克姨夫也确实视小贝为知己，为人生中那个唯一的存在，当小贝最终拒绝他的追求时，他走上了不归之路，饱经沧桑的人生以及对女性矛盾不一的看法（既站在道德高地同情怜悯女性，又时常从男权角度物化女性，始终无法真正平等地对待女性）令佩克姨夫的悲剧命运自我实现——他内心的伤痕投射于宿命人生之中，而通过性侵，这创伤又传递到新一代无辜的生命身上……

三、汽车的隐喻——女性、爱情和权力关系

我们知道，汽车作为"美国梦"的象征，在美利坚文化中占有举足轻重的地位。"二战"后的美国正处于大发展时期，城市的郊区化扩张令高速公路遍及北美大陆。许多好莱坞影片都展现了 20 世纪 50～60 年代的"汽车文化"［如乔治·卢卡斯导演的"新好莱坞电影运动"代表作《美国风情画》（American Graffiti）］——到了合法驾车年龄的男孩会开车约女孩出去兜风。汽车仿佛是一个符号，隐喻

着男孩和女孩之间美好的青春、甜蜜的爱情。

而在《那年我学开车》中，汽车不再带有这种浪漫的色彩，而是作为权力的中介连接着主角双方。剧中，小贝第一次学车时便遭到了姨夫的性侵，她的"性启蒙"与"驾驶课"同步开始。姨夫作为老师、长者和过来人，而小贝则作为晚辈、被"教育"者和被"启蒙"的对象。通过学车，身份、等级、地位之间的不平等逐渐呈现在观众面前——权力关系的不对等造成了拥有权力者对无权力者的侵犯，这不仅是生理上的凌辱，更是心理上的侵害。

与此同时，性别的不平等也是剧作讨论的一大主题。《那年我学开车》的文本中，曾将汽车比喻成女性——"她（指汽车））能完全按照你（男性）的要求去做，并给予你想要的东西。"剧中这段台词明显带有男权主义的思想。

四、从女孩到女人——女性主义和保守主义视角的解读

在一个男权主义物化女性的社会中，女性的美被阐释为女性的性特征魅力。这种魅力区别于男性，体现在女性

身材的曼妙性感，妩媚动人，性格的温柔顺从、任劳任怨，家庭生活中的相夫教子、勤俭持家。

这是男权（父权）社会下的性别观念，体现出一定程度的保守主义倾向。剧中，小镇是这种保守思想物理空间的集中体现——它是以血缘、亲情为纽带，以家庭、社区（共同体）为单位，建立在保守价值观（宗教）基础之上的传统社会。

处于青春期的小贝想摆脱这种保守的环境，她想与自己的过去告别——不仅是地理空间上的分别，更是精神世界里的永别。从她的经历中我们看到了整个20世纪60年代美国社会的历史进程：一种进步与保守、自由与禁锢之间的斗争。在50年代保守的麦卡锡主义（McCarthyism）之后，反文化运动（Counterculture Movement）的进行使独立的意识、平权的理念深入年轻一代的内心。

正值豆蔻年华的小贝是新一代的女性。她要去读大学，成为有思想、自立的女人，而不再作为男性的"附属品"。小贝想要摆脱家庭的轨迹，不愿重走外婆和母亲婚姻不幸的老路。

然而成长之路是坎坷的，就像每个新世代的个体都会年华老去一样,剧作的结尾展现了这一点,显示出创作者现实的一面。或许是要呼应20世纪七八十年代保守文化的再次兴起,历经世事、已过而立之年的小贝也开始相信一些她之前发誓永远不会相信的事情,那些诸如家庭、原谅和宽容的事情。[1]

理想中的平权观念在现实环境里难以实现,曾经的浪漫主义者变成了现实主义者。历经风雨的成长磨平了一个女孩的棱角,让她成长为一位"成熟"的女性,尽管这"成熟"仍是从男性视角评判,但饱经风霜的人生却让小贝增添了一份同理心,慢慢地接受自己矛盾的过去。她仿佛体会到了姨夫曾经的痛苦经历,或许每代人的成长中都会有伤痕的存在。

小贝从一个愤世嫉俗的少女长成了一个历经风雨的女人。她的心中不再有年少的幻想,而是增添了几分现实的无奈;缺少了当年的激情澎湃,又多了几分老成事故,曾经迷茫困惑的人生变成了刻板定型、千篇一律的生活图景。当她回首往事时,那位"漂泊的荷兰人"——佩克姨夫依

---

[1] 波拉·沃格尔,范益松. 我是怎么学会开车的 [J]. 戏剧艺术,2002 (2): 84-108.

稀浮现在眼帘,或许这就是现代性的人生,孤独、痛苦,或许还有些许爱的存在……

(本篇文章于2019年4月29日首发于电影评论媒体"深焦DeepFocus"微信公众号)

文化年代史回顾

✤ 你还记得最初的《星球大战》吗?
——现代神话:记星战诞生的时代背景

过去半个多世纪的时间里,有一部系列影片的横空出世改变了电影史的进程,创造了当代流行文化的奇迹:它不仅缔造了影史票房的神话,获得了商业上巨大的成功,同时也促使好莱坞电影工业、电影产业迸发出新的活力,并引领之后社会的文化潮流,成为文化史中浓墨重彩的一笔。这部系列影片便是《星球大战》(Star Wars)。

《星球大战》(以下简称"星战")为何会如此成功呢?美国知名记者比尔·莫耶斯(Bill Moyers)认为这是时势造

英雄，其出现是顺应时代发展的潮流应运而生。我们知道，第一部星战诞生于四十多年前的1977年，当时的全球与今天的世界有着很大的不同。从今日看来，20世纪70年代末80年代初正是一个新旧时代交替的节点，这一时期发生的政治、经济、文化、科技等方面的诸多变革多少造就了今天的世界，而星战作为突出的文化现象与这些社会历史因素一道成为推动变革的重要力量。

20世纪60~70年代中期，美国及整个西方社会正经历"二战"后最大的一次社会变革，战后"婴儿潮"一代年轻人正值豆蔻年华、风华正茂，其价值观与经历过1929~1933年经济"大萧条"、参加过"二战"的人们有着明显的不同：信奉马克斯·韦伯新教伦理的旧世代的人们由于经历过经济的衰退、战争的创伤，他们大多保持着传统而保守的价值理念。而在物质条件相对充裕的状况下长大的年轻一代却怀抱着截然不同的生活态度：体现在个性方面，就是更加强调自我及自我实现；在消费领域，表现为追求生活的品质、消费主义与享乐文化的盛行；公民权利运动方面，他们开展了黑人民权运动、性解放运动及妇女平权运动；在文化领域，则表现为各种后现代文化的出现，嬉皮士运动、波普艺术、摇滚乐逐渐成为这代人共同的文化记忆。

新新人类的出现必然有其经济社会的历史背景："二战"后的美国在经济等各领域成为西方世界的霸主，然而物质上的充裕并不能缓解年轻一代心中的精神危机——由于和父母一辈成长于截然不同的社会环境，他们有着全新的个人理想和人生诉求，当这种理想诉求与现有价值观念相互冲突之际，一种不可避免的矛盾便随之产生，发生"反文化运动"（Counterculture Movement）也因此顺理成章：这一运动起源于英国和美国，随后向整个西方世界延伸。由于年轻一代正经历美国民权运动的发展，他们目睹了越战的冲击、水门事件的发生。此外，20世纪60年代末社会环境的对抗也使得其他议题逐渐成为"反文化运动"的一部分：女性权利的伸张、同性恋权利运动的兴起、环保运动的发起、对越战军事行动的批判使得年轻一代变得越来越愤世嫉俗。与此同时，"二战"后经济的高速增长也在20世纪70年代戛然而止，石油危机的爆发使得廉价的能源成为过去，西方各国的经济普遍陷入了滞胀局面。

文化因素作为经济社会的反映在这一时期变得尤其突

出。作为新世代的艺术形式——后现代文化走上了历史舞台。波普艺术代表着新新人类的审美趣味，摇滚乐、反战民谣音乐则反映着年轻一代的迷茫、叛逆、向往和平、爱好自由的本性、体现了年轻人对现状不满的一种宣泄：他们反主流、反传统。

后现代文化颠覆了古典文化中永恒统一、宏大叙事、精英主义的哲学命题，其与现代主义艺术思潮也有所不同：它更多地与商业资本联姻，使得文化作品的创作、传播、消费更多地展现出商品性、个体化、碎片状的特征。文化的断代体现了不同世代间的"代沟"：新一代的青年缺乏对宗教的虔诚、对权威的服从、对年长一代的尊敬，在他们眼里任何东西都是虚无和不确定的。而这种代际之间的紧张关系逐步演变成一种社会内各系统之间的对抗，它体现于父子之间的对抗、激进与保守间的对抗、普遍真理与相对价值之间的对抗。而这种种的一切正是星战诞生的社会文化背景。

1944年出生于加州小镇莫得斯托的乔治·卢卡斯（George Lucas），其青年时期便是在这个年代度过的。他在南加州大学攻读电影学位时，便显示出异于常人的天赋：这不仅体现在他被世人津津乐道的技术创新方面（乔治·卢卡斯对于电影特效的敏锐洞察、对于电影剪辑的擅长……），更展现在他对于社会发展的深刻洞察，以及对电影思想性坚持不懈地追求。1971年，乔治·卢卡斯将大学期间拍摄的实验短片《五百年后》（THX-1138）摄制成长片并在影院上映，尽管这部影片在票房上完败，但不可否认的是《五百年后》是一部颇具导演野心的佳作。影片展现了一个极其悲观压抑的未来社会的景象：片中个体的人类已被大众传媒、广告、物质消费、精神类药物等现代性产物所控制。在那个个人计算机还未诞生的年代，卢卡斯描绘的未来工厂便是机械与自动化相结合、医学领域的自动医疗设备便可以进行疾病诊治。该片对于未来的幻想或多或少地被今天的人类社会所验证，而其表达的那种对于未来的恐惧、焦虑，却深深地打上了时代的烙印。因为这部电影是那个年代的产物，抗争是20世纪60～70年代的主旋律，这种反乌托邦的氛围正是那个时期的写照。

由于《五百年后》在票房上失利，乔治不得不在下一部影片中转换基调。《美国风情画》（American Graffiti）的上映年份虽是1973年，但其讲述的故事背景则是发生在20

世纪60年代初，一个不那么愤世嫉俗，岁月静好的时代。由于片中表现了"二战"后那段相对平静时期年轻人的成长经历，唤醒了一代人美好的青春记忆，故在票房上取得了巨大成功。该片讲述的故事内容在一定程度上也可以看作是乔治·卢卡斯自己的成长历史——一个小镇出身青年的成长经历、同时也是同龄一代普罗大众年轻时代的真实写照。从安逸无忧、青春懵懂、享受爱情的个体到进入一个更广大、更陌生的未来时空的过程，这种转变所带来的那种兴奋感、焦虑感亦或是恐惧感，正是20世纪60年代美国民众社会心态在越战前后所经历的巨大变化。

纵观卢卡斯制作的这两部影片的题材特点，它们亦或是反映创作者及同龄人经历的不断发展的历史（《美国风情画》），亦或是对未来时空的悲观展望（《五百年后》）。这些影片要么以架空的未来社会作为发挥天才想象力、抒发现实主义情怀的出发点，要么是以虚构却让人感觉真实的故事反映逝去时代发生的点点滴滴。而在1977年的《星球大战》［即《星球大战：新希望》(Star Wars Episode Ⅳ：A New Hope)］中，他所展示的却是另一个时空的传说——一个发生在"很久很久以前，遥远的银河系"的英雄主义浪漫神话故事。

纵观20世纪60~70年代的美国及西方世界,越战的冲击、水门事件的发生使得大众对政府产生了极大的不信任;两次石油危机的爆发令经济陷入了滞胀的局面;"反文化运动"造成的文化上的巨大变迁使得不同代际之间的人们产生了巨大的对抗。在当时看来,的确需要一种力量去改变现状,以重塑昔日之荣光、恢复民众的信心。这种力量体现在政治上,便是以里根总统、撒切尔夫人为代表的政治保守主义者的上台;在经济上,就是以市场化、去监管化、全球化为代表的新自由主义经济学思想的盛行;在文化上,即是以一种乐观主义式的、宗教狂热般的、复归传统伦理价值精神的新文化去取代、消解批判性的、对抗式的、分裂状的后现代虚无主义文化。《星球大战:新希望》的横空出世正好处于这种转变之中。不管这是否来自创作者卢卡斯的本意,该部影片上映的时间节点恰好发生在一系列政治经济改革事件的前夕,其在文化上对民众价值观的重塑为之后各领域的变革打下了基础,影片善恶分明、邪不压正的价值主题正是传统道德价值观的回归。

《星球大战：新希望》上映后，美国及西方社会在政治、经济、文化等各领域开始了全面的变革，而一场悄然改变人类发展历程的革命也在科技领域展开——"二战"后的信息技术革命使得科技产业日益成为社会发展的原动力，其不断创新逐步推动了产业的持续升级。20世纪70年代中期，也就是《星球大战：新希望》上映的前夕，苹果公司发布了世界上第一台个人计算机（Personal Computer, PC），PC的诞生使得计算机日益变得微型化，逐步走入千家万户，也让这一产业的服务对象发生了巨大的转变：从面向政府、军方、研究机构等大型公共团体，向大众、私营企业等个体及商业组织转变。个人计算机不仅日渐成为消费电子产业的新宠，也日益成为企业等营利组织创造经济价值、提升生产力的工具。《星球大战：新希望》的成功一方面不仅源于影片精神文化内核上适应时代变化的复归传统价值，另一方面在视听效果上的别出心裁也使得该部影片成为广大影迷心目中跨时代的经典。影片不仅讲述着古典主义的神话传说、英雄冒险故事，更是依靠先进的科学技术创造出令人叹为观止的外太空奇观。在《星球大战：新希望》的制作中，尽管该片仍是以传统模型特效为主，然而此时特效技术的边界正不断被突破：星战是历史上第一部成功使用动态控制（Motion Control）技术拍摄的影片，该技术使得计算机科技逐步纳入影片的拍摄制作流程。而在此之后，随着科技创新的不断深入、计算机技术的快速发展，以及特效场景的日趋复杂，计算机绘图（Computer Graphic，CG）技术最终被应用到视觉效果制作领域，而卢卡斯创立的、制作星战特效的工业光魔（Industrial Light & Magic，ILM）公司便是该领域的先驱。

1977年上映的《星球大战：新希望》取得了巨大的成功，这不仅体现在商业上，该部影片获得了高额的票房回报，而且在次年的奥斯卡颁奖典礼上，星战囊括了最佳特效、最佳音效剪辑在内的多项技术大奖。由于卢卡斯的先见之明，星战电影的衍生品必须经过他的公司授权，而这些授权所得便成为卢卡斯电影公司得以长期盈利的动力。

尽管取得了举世瞩目的成就，卢卡斯仍不断进取，之后他又参与创作了《星球大战：帝国反击战》（Star Wars Episode V：The Empire Strikes Back），为了能使影片取得良好的效果，也为了使自己的公司能真正独立于好莱坞体系、让自己不再受制于他者[1]。卢卡斯选择了自己在南加州大学读书时的老师厄文·克什纳（Irvin Kershner）作为《星球大战：帝国反击战》的导演，而他本人则担任制片以监督影片的拍摄进度和最终效果。这部电影所探讨的主题比《星球大战：新希望》更深刻，对原力的剖析堪称星战系列作品中的翘楚，片中原力光明面、黑暗面的阐释与我国古代经典著作《周易》中阴阳哲学的概念有着异曲同工之妙。此外，这部影片和1983年上映的星战经典三部曲的完结篇《星球大战：绝地归来》（Star Wars Episode Ⅵ：Return of the Jedi）一道探讨了主角卢克·天行者与其生父黑武士（Darth Vader）之间复杂的代际关系。这一关系的演绎借鉴了古典主义的艺术理念：它的伦理内核受到西方文化中俄狄浦斯弑父情节、基督教中救赎思想的影响，其情节的矛盾冲突则借鉴了莎士比亚经典戏剧作品的创作方式，而影片中反映父与子之间的对抗关系则正是卢卡斯一代战后成长的年

1　美国好莱坞的电影制作体制（从经典好莱坞时期一直到现在）是以制片人为中心、对制片厂负责的模式。这就使得制片公司（或者投资方）对影片具有绝对的掌控权，导演往往要服从于公司的意志。之前卢卡斯拍摄《五百年后》《美国风情画》的时候，便深刻地体悟到这种被资本干涉的滋味，这使他意识到为了拍摄出自己想要的影片，就必须让自己成为资本的主导者，建立属于自己的电影世界。参考：陈晓云. 电影学导论 [M]. 杭州：浙江大学出版社，2003：165 - 166.

轻人与其父辈之间矛盾的真实投射和写照，卢卡斯用这样一部神话寓言式的浪漫主义系列影片探讨了一个自古典时代一直延续至今的命题。该命题在1983年上映的《星球大战：绝地归来》一片中进行了深入的探讨：影片暗示父子两代人在成长中经历的相似。我们能在卢克身上看到某种理想主义的影子，他拥有一颗同情反抗者、为了拯救自己的同伴免遭危险而甘愿冒险的冲动的内心，这正如曾经的新世代反抗者的代表——"婴儿潮"世代的年轻人一样。而随着剧情的深入发展，卢克发现自己所走的路与父亲曾经的经历在某种程度上日趋一致——从《星球大战：绝地归来》的剧情中可以看出，当卢克为阻止其生父试图引诱自己的孪生妹妹莱亚（Leia）投向黑暗面而去砍断自己父亲右手的时候，他发现了父亲躯体上曾遭受的创伤，而这种躯体乃至心灵上的创伤卢克也经历过。这在一定程度上隐喻着年轻一代在其成长过程中不断演化为其父辈的翻版，象征着"婴儿潮"世代——历经各种磨难和时代的变迁，最终成长为成熟的一代。然而，这种成熟并不是简单表现为其会变成与上代人一样的人，而是表现为一种超越、一种晚辈对长辈的救赎、一种晚辈对长辈经历过程的感同身受进而超越其成长经验的救赎，是一种进步式的成长过程。

《星球大战》经典三部曲于1983年完结，它的横空出世承前启后，继往开来。作为里程碑式的文化作品，它沟通着前后时代的变迁，力图弥合两代人之间的代际创伤，并以一种乐观主义的姿态遥望未来：20世纪80年代正值全球化发展的黎明期，一种乐观且不断向前发展的自信正逐渐植根于人们的内心。星战与同时代的政治、经济、文化、科技浪潮一道，成为人们展望未来的桥梁，向人们展现出一种对未来美好的、浪漫主义式的幻想，然而未来真的是那样吗？

（本篇文章于2018年1月5日首发于文化媒体"凤凰网–文化频道"）

❖ 幽灵的威胁：记星战前传诞生的时代背景

《星球大战：新希望》［Star Wars Episode Ⅳ：A New Hope（即1977年上映的第一部《星球大战》）］上映22年后，乔治·卢卡斯（George Lucas）于1999年推出了由他执导的该系列作品的最新一集——《星球大战前传1：幽灵的威胁》，这部作品在《星球大战》（以下简称"星战"）经典三部曲［《星球大战》经典三部曲包括1977年上映的《星球大战：新希望》（Star Wars Episode Ⅳ：A New Hope）、1980年上映的《星球大战：帝国反击战》（Star Wars Episode Ⅴ：The Empire Strikes Back）、1983年上映的《星球大战：绝地归来》（Star Wars Episode Ⅵ：Return of the Jedi）］

之后开启了新的篇章，也是前传三部曲的当头炮。

由于新三部曲讲述的是星战体系中共和政体的覆没及帝国体制的建立，同时也讲述了经典三部曲中英雄人物——卢克·天行者（Luke Skywalker）的父亲安纳金·天行者（Anakin Skywalker）从原力的光明面堕入黑暗面，成为黑武士的悲剧历程。《星球大战前传1》作为这一系列戏剧化事件的开始，其片名的副标题——"幽灵的威胁"隐喻了潜在的危机：一种令人恐惧的力量正不断积聚，在一系列事件运行过程中经过量变的发展，最终产生质变的负面影响。

这种黑暗力量不为个体或组织所了解，而未知性正是它令人恐惧的地方。我们知道，星战系列电影的故事内容一直都和美国及西方世界乃至全球的发展密切相关，而《星球大战前传1：幽灵的威胁》从创作、投拍到发行、放映所贯穿的20世纪90年代，是人类历史上一段难得的和平发展时期，这一时期乐观精神在全世界尤其是以美国为代表的西方国家中极为盛行。

既然星战与世界发展的当代历史有着密切的联系，也就意味着作为创作者的卢卡斯发现了这幽灵般的存在，而他究竟在这盛世景象下看到了怎样的威胁呢？

这一切都得从 20 世纪 80 年代说起。

20 世纪 80 年代西方世界在政治、经济、文化、科技等方面的变革[1]，促使这些国家的发展又进入一波高速成长期。与此同时，20 世纪 90 年代初冷战的结束使得自启蒙运动、美国独立战争、法国大革命以来宣扬的自由、民主思想日益成为普世共识，以新自由主义经济学思想为基础的"华盛顿共识"[2] 成为了拉丁美洲、东欧国家和俄罗斯实现经济改革、摆脱经济困境的核心理念。

同时随着 20 世纪 90 年代互联网进入商业化应用，网络如同过去的公路、铁路一样，成为新时代的信息"基础设施"。这种新的信息通路没有国界的限制，使得信息与人才、资本、知识、物资一样，实现了全球化的自由流动，[3] 资源在全世界得以自由配置，在全球一体的格局下形成了史无前例的 20 世纪 90 年代繁荣发展的盛景，政治哲学家弗朗西斯·福山（Francis Fukuyama）所言的"历史的终结"就在眼前。

---

1 《你还记得最初的〈星球大战〉吗？——现代神话：记星战诞生的时代背景》。
2 华盛顿共识 Washington Consensus [EB/OL]. 中国经济网, 2009 - 11 - 11.
3 经济全球化 [EB/OL]. 中国经济网, 2012 - 04 - 20.

一、经济、政治、文化领域:"黑暗面"的不断积聚

在这一片盛世景象下,往往隐藏着潜在的、过度发展的产业、组织和机构,它们有可能成为未来负面力量(黑暗面)的存在,以破坏天平的平衡(原力的平衡)。

经济方面,随着金融自由化进程的加快逐步形成了金融业一手遮天、大而不倒的局面,而贸易投资的进一步全球化则让跨国公司将触角伸及人类世界的各个角落,一个超国家的经济体正逐渐形成:该经济体一方面加强了各国之间的联系、促进了经济的发展;另一方面又能左右全球政经局势、促使社会阶层日益分化。以 1997 年亚洲金融危机为例,伴随金融自由化、资本跨国高速流动,一个超大规模的对冲基金就可以造成当时高速发展的多个东南亚、东亚国家的经济严重衰退。

与此同时,很多领域逐渐形成"马太效应"的局面,即强者愈强、弱者愈弱的态势:尽管美国经济在 20 世纪 90 年代经历了"低通胀、高增长"的发展局面,[1] 但贫富差距

---

[1] 张志超,张慧玲. 走向低通胀高增长轨道——90 年代美国宏观政策的经验 [J]. 世界经济文汇, 1998 (4): 30-34.

的日益分化却从80年代里根时代就已初见端倪,[1] 幽灵般的存在一直伴随在人们身边。

经济上的过度自由化在一定程度上得益于政治上的变革:自里根总统、撒切尔夫人于20世纪80年代开启政治保守主义改革以来,西方各国政府在调控市场方面的作用已逐渐降低。与19世纪中后期的西方世界发展类似,自由竞争的市场环境最终形成了寡头垄断局面,而此时垄断企业的触角已不限于一国之内,而是伴随经济全球化、贸易自由化的深入,成为国际垄断企业。与此同时,由于政府权力的缩小,为了特定利益而存在的政治说客也逐渐成为影响政府施政的重要力量,对美国及西方世界的民主制度造成了一定程度的冲击。

政治和经济上的转向使得文化领域也出现了巨大的变迁。20世纪60~70年代的反战民谣音乐、摇滚乐日益消失在各大电台播出的节目中,而70年代末到80年代初盛行的朋克音乐的影响力也日益式微。随着MTV产业的发展,这是一种借助电视媒介传播音乐录影带的新兴媒体产业,以

---

[1] 王连生. 里根经济学加剧了贫富悬殊[J]. 经济学动态, 1985 (6): 40, 54-55.

往对社会开展批判的歌曲已无法俘获年轻一代的观众和听众，一种以偶像体系为中心、注重商品营销、明星效应的流行文化开始形成。20世纪80年代诞生了流行之王（King of Pop）迈克尔·杰克逊（Michael Jackson）和流行天后麦当娜（Madonna），这些歌手有的舞艺精湛、有的性感奔放，在音乐歌曲日益视觉化、形象化、商品化的时代，受益于电视娱乐产业，他们通过这种媒介迅速俘获了年轻一代的内心，并满足了不同群体的消费需求。

以上文化行业的变迁折射出文化领域批判精神的日益式微，迎合大众消费者的倾向越来越明显。这种过度以盈利为目的的文化市场行为使得文艺作品的艺术性、思想性大打折扣。在某种程度上可以说，1977年上映的《星球大战：新希望》正是这一流行文化潮流的始作俑者：星战作为电影史中最成功的IP之一，它的衍生商品（如小说、漫画、游戏、玩具等）销售之火爆令整个产业耳目一新，其强调视听语言、感官刺激的创新之举引领了之后文娱产业的发展方向。这种新的模式使得商业资本又一次找到了突破点，从更为宏大的视角来看，它占据了、控制了经济社会、政治生活、文化传播等各个领域。

二、恐怖主义、战争、经济危机:"黑暗面"积聚所引发的"威胁"

除了政治、经济、文化等领域越来越多地受到资本的渗入外,这一期间又诞生了另一个幽灵般的威胁——恐怖主义,它埋下了仇恨的种子,并在暗处不断酝酿、等待时机成熟而爆发。

不同宗教、不同文明、不同种族之间的冲突一直是极端思想诞生的原因之一,而极端的思想往往会造成极端行为进而产生大规模冲突,造成更大的仇恨。美国保守派学者萨缪尔·亨廷顿(Huntington Samuel P.)在其著作《文明的冲突与世界秩序的重建》(*The Clash of Civilizations and the Remaking of World Order*)一书中提出"文明冲突"的观点。

他认为,文化和宗教的差异而非意识形态的分歧将导致世界几大文明之间爆发竞争与冲突。这一冲突在现实中的先导预兆便是20世纪70年代末苏联入侵阿富汗、1991年海湾战争引发的地区间局势动荡,而星战的编导者卢卡斯很敏锐地捕捉到现实中的这种变化,并将其呈现在电影文本之内:1999年上映的《星球大战前传1:幽灵的威胁》

(以下简称《星战前传1》)中,纳布星球的人类与冈根人尽管存在诸多差异和利益争端,但最终都齐心协力共同抵抗贸易联盟的入侵。这部影片展现出了不同社会制度、不同文明、不同种族之间和谐共处的重要性。

然而现实并没有如影片所描绘的那样发展。2001年,"9·11"恐怖袭击的景象通过新闻媒体传播到世界各地,人们心中的恐惧被点燃了。正如《星战前传1》中对于恐惧是原力阴暗面的描述一样——战争滋生了贫困和绝望,使受难的人们感到恐惧,最终投向了极端主义思想,而之后的恐袭事件给人类自身带来了更大的不安,进而导致愤怒、仇恨、痛苦,光明面的减弱造成了黑暗面的扩大,平衡正逐步被打破,万事万物都逐渐笼罩在阴影之中……

在这之后,2002年上映的《星球大战前传2:克隆人的进攻》(Star Wars Episode Ⅱ:Attack of the Clones)(以下简称《星战前传2》)及2005年公映的《星球大战前传3:西斯的复仇》(Star Wars Episode Ⅲ:Revenge of the Sith)(以下简称《星战前传3》)的故事也开始进一步剖析恐怖袭击、民主制度面临瓦解等议题。《星战前传2》的开场便是一起恐怖袭击事件,从而将隐藏在幕后的银河共和国分裂主义分子引入前台，而恐袭危机引发的克隆战争战势的不断扩大，为民主的瓦解、权力的集中和积累做了最好的铺垫。《星战前传2》中，作为政治理想主义者的杜库伯爵（Count Dooku）起初是一名绝地，由于对共和国内部腐败政客、官僚制度的不满而设法谋求变革，进而成为黑暗势力的一员，以对抗日益腐朽的银河共和国。

而在《星战前传3》中，除了帕尔帕廷逐渐夺取最高权力、成为独揽大权的皇帝以外，最令人心痛的莫过于安纳金·天行者的悲剧命运，《星战前传》三部曲讲述了他的成长经历：从一个出身奴隶、无私奉献的少年、成长为举世瞩目的绝地武士，进而受到原力黑暗面的诱惑，堕落成黑武士。他的悲剧历程与银河共和国民主制度的瓦解几乎同时发生，成为冥冥之中的宿命之人。安纳金所生存的乱世，是各种势力暗潮涌动、分裂对抗持续加剧的时代。克隆战争的危机让"非黑即白""水火不容"的"政治极化"现象愈演愈烈，民主制度面临瓦解——由危机引发的战争是权力的催化剂，它打破了人们美好的希望、打碎了人们和平的理想、打乱了繁荣发展的步伐。从战争这个阴暗面中成长起来了一种怪胎式的物种，它摧毁了人们之间的相互信任、理解与认同,而恐惧、愤怒、仇恨、痛苦,这些原力黑暗面的幽灵成为威胁,最终使得民众价值观念撕裂、民主制度受到严重挑战。

与星战中所展现的危机如出一辙:现实中,美国及西方世界在21世纪头十年也是危机不断:先是恐怖袭击、互联网经济泡沫的崩裂使得未来的发展前途未卜;随之发生的反恐战争造成了不同文明间进一步的剧烈冲突,为之后更大的危机埋下了伏笔;而2008年金融危机的爆发则将金融企业大而不倒的局面、跨国公司在全球范围内资本积累导致的重重矛盾一并引燃,导致了自1929~1933年以来最大规模的经济衰退。历史仿佛是一个轮回,这不仅体现在金融危机的再临,在代际关系方面——曾经的反抗世代,"婴儿潮"一代的人们也似乎变成了其父辈的翻版。正如星战前传系列中的安纳金一样,他们变成了当初其誓言消灭的人。

三、世代的再轮回,"新希望"在哪里?

自2008年金融危机之后,里根、撒切尔时代开始的政治、经济等各领域的改革似乎走到了尽头,而这场改革在文化上的先导现象恰好是1977年的影片《星球大战:新希望》,

这部电影及之后两部续集的问世预示着文化领域反叛年代的结束、标志着战后"婴儿潮"一代人心中对未来悲观展望的终结，他们超越了父辈并在一定程度上救赎了年长一代。而2005年上映的《星球大战前传3：西斯的复仇》在一定程度上是乔治·卢卡斯对于"婴儿潮"世代经历的更深层意义上的反思：原本反抗资本逻辑、消费社会的青年一代如今在这个体系中继续生活；原本意气风发、追求真理的年轻人如今变得深谙世事、保守而老道，他们最终归依于体制。

星战电影故事的情节也正如卢卡斯本人的经历一样：他曾是一个理想主义少年，其艺术天分和思想造诣在同时期的美国电影导演中堪称翘楚。在卢卡斯早期影片《五百年后》中能看出他对资本逻辑、科技自动化统治下的未来社会的恐惧。在这种恐惧的驱使下，他发现想要拍摄出自己心目中完美的影片，就必须面对现实，对权力和资本拥有绝对的支配权。

由此他创办了卢卡斯电影公司（LucasFilm Ltd.）以对抗好莱坞大型制片厂体制，而逐渐地他自己的公司也成为了大公司中的一员，成为了商业资本逻辑下运行的企业中的一份子。他变成了他当初最想反抗的人，一如安纳金一样。这在某种程度上也隐喻了"婴儿潮"一代人的命运,从反抗体制者到体制的拥护者、归顺者的转变。

如今,《星战前传》三部曲已经终结十年有余,而世界的局势一如这三部电影里描绘的那样,愈发的混乱和不平静、社会天平的平衡已逐渐失衡。在金融危机、新冠疫情大流行的背景下,历史的终结逐渐远去、悲观的虚无感再次归来。许多人由于看不到希望,陷入了愤怒、仇恨、痛苦、绝望和不安之中。还记得尤达大师(Master Yoda)曾在《星战前传1》中说过这样一句话:"恐惧是通往原力黑暗面的途径,恐惧带来愤怒,愤怒带来仇恨,仇恨带来痛苦(Fear is the path to the Dark Side. Fear leads to Anger, Anger leads to Hate, Hate leads to Suffering.)。"

而恐惧的源头又是希望的丧失,在这个日益分裂、价值观日渐分化、对立日益成为主旋律的时代,我们还能盼到新希望的再次降临吗?

不管是不是编导者乔治·卢卡斯有意而为之,从1977年的《星球大战:新希望》到2005年的《星球大战前传3:西斯的复仇》,28年间的6部星战影片的主题内核呈现出时代发展的起起落落:1977年的《新希望》为之后政治、经济、文化等各领域变革的先导信号；1980 年的《帝国反击战》以父子矛盾的形式引入了代际冲突对抗的主题；1983 年的《绝地归来》以子辈拯救并超越父辈为中心思想弥合了"婴儿潮"一代与之前世代人们之间的对抗；1999 年的《幽灵的威胁》在"历史的终结"的时代背景下开始探讨不同文明之间的冲突纷争，以及盛世景象下的暗潮涌动；2002 年的《克隆人的进攻》仿佛就是之后反恐战争的先导预告；2005 年的《西斯的复仇》所探讨的主题不仅反映了几千年来政治体制运作的些许规律，也展现了当下全球危机的端倪。

作为一部载入影史的佳作，《星球大战》不仅在电影制作技术方面进行了史无前例的创新，直接推动了电影工业跨越式的发展，其在主题内容上体现的历史时代性也令不少影迷、观众、评论家、研究者为之着迷，它的内容不仅是社会历史的预测、投射与反映，其精神文化内核本身也成为了历史的一部分而永远被世人铭记。

（本篇文章于2019 年12 月24 日首发于电影评论媒体"深焦 DeepFocus"微信公众号）

❖ 保守、拜金、物欲横流，看 20 世纪末的美国如何娱乐至死

过去几年间，怀旧情怀席卷世界各地，许多流行文艺作品也利用这一契机，纷纷推出续集和新作，借以致敬经典之作。不管是《头号玩家》（Ready Player One），亦或是《怪奇物语》（Stranger Things），创作者们都将焦点聚焦于 20 世纪 80～90 年代的文化空间，通过挖掘彼时文化语境下的文化记忆，唤起一代人成长的青春回忆。这些新近创作的作品不仅怀旧经典，同时又和当下的政治观念、社会发展、文化氛围有着千丝万缕的联系，反映出时代发展的变

化和文化精神的嬗变。

20世纪80~90年代是美国历史上一个黄金发展期，其对于今天美利坚主流文化的形成具有非同小可的作用。下面就让我们步入时光隧道，去回顾一下这段历史时期的文化发展，从中洞察时代精神的些许特征。

20世纪80年代，"二战"后出生的"婴儿潮"世代已经长大成人。曾经掀起反文化运动的他们陆续步入中年，"波西米亚"式的生活方式逐渐被"布尔乔亚"式的处世哲学所取代。20世纪80年代的文化运动始于西方社会政治、经济领域的全面变革，里根、撒切尔的保守主义政治革命、新自由主义经济改革将美英两国带入一个全新的时代。

这次变革发端于20世纪70年代两次石油危机引发的经济滞胀，当时发达国家市场中商品和服务价格正在快速上涨。对于贫困阶层来说，食品和能源等必需品渐渐成为负担不起的消费品，失业率也伴随经济的萧条低迷而日益高企，社会氛围中弥漫着没落与沉沦的悲观论断，以及恐惧和不安的负面情绪，愤怒与不满充斥于工人阶层和贫困阶层内部。这种不安与愤慨呈现于音乐文化中，便是英国朋克文化的兴起。它展现的是年轻人对社会的强烈不满，让一种反体制、反社会、反主流文化的声音流行于青年人中间。作为20世纪60年代反文化运动的延续，朋克风潮文化余波仍在冲击着20世纪80年代初英美社会的方方面面。

英国的朋克文化蕴含着工人阶层和底层青年的意识形态，相较于这种带有强烈批判色彩的文化运动，美国的朋克文化则是对商业体制的反抗。20世纪60~70年代摇滚乐黄金时期，乐手们表达着他们对社会的强烈不满，然而，伴随20世纪80年代消费时代的到来，传统摇滚乐不断同商业唱片公司、主流媒体靠拢、屈服与合流，朋克音乐的出现生逢其时，那种如同工业噪声般的声嘶呐喊，带有浓郁的叛逆精神和反抗特征，代表着觉醒的时代新人对商业体系的批判与反抗。

20世纪80年代初美国社会的愤怒与反抗不仅源于年轻人对国内政治、经济、社会政策的不满，同时也蕴含着工人阶层、贫困阶层的焦虑与不安，他们将矛头直指海外。

20世纪80年代，日本经济如日中天，"日本第一"的论断甚嚣尘上［哈佛大学著名学者傅高义（Ezra Feivel Vogel）彼时的畅销专著《日本第一：对美国的启示》（*Japan As Number One：Lessons for America*）便揭示了这一点］。彼时，这个东亚岛国科技、工业产品的大举进军，使得美利坚本土的制造企业和产业工人陷入萧条和不安，他们将本国电子、汽车等行业的没落，归咎于日本方面的不正当贸易竞争。

尽管如此，日本电子产品的大量出口，却在多个方面影响了美国人的生活，进而改变他们的文化——索尼（SONY）制造的随身听（Walkman）使每个人都有了属于自己的音乐空间，戴上耳机的世界是一个与世隔绝、凸显个性的时空，它彰显了自我意识、展现了与众不同；而录像机的普及，则让录影带行业发展为家庭娱乐产业的先驱；任天堂（Nintendo）推出的 GameBoy，使得俄罗斯方块这样的休闲益智类游戏走出冷战的"铁幕"，走入美国千家万户；日本制造的小型数码摄像机，则让拍摄制作视频、影片的成本、门槛越来越低，这也助推了一些小众运动的兴起，诸如滑板的流行。

20 世纪 80 年代滑板日益成为美国年轻人最喜爱的运动之一，它最初流行于小众群体，通过新的媒介（使用便携摄像机和相应的视听媒介，将滑板动感、刺激的一面展现给大众，尤其是年轻人）得以迅速传播，逐步突破圈层的限制，深入更为广大的群体之中。1985 年，罗伯特·泽米吉斯（Robert Zemeckis）执导的科幻电影《回到未来》（Back to the Future）中，马蒂·麦克弗莱（Marty McFly）乘坐时光机（Time Machine）穿越回30年前，他向自己年轻的父母一辈展示了80年代的流行文化。影片中，我们看到了滑板的雏形，见识了以性感营销策略著称的服装品牌Calvin Klein（马蒂·麦克弗莱所穿的男士内裤），以及那位人尽皆知的演员总统——罗纳德·里根。

以里根为首的保守主义政客希望美国能恢复过往荣光，用传统的宗教价值、伦理道德去取代反文化运动展开后兴起的平权观念、女性主义文化以及性解放潮流。通过和睦友善的邻里社区、父慈子孝的家庭观念去消解"原子化"、分裂状、对抗式的代际区隔、家族矛盾。电影《回到未来》展示的正是不同时代价值观念的代沟，片中的喜剧元素让身处时代浪潮中的人们感同身受，也让该片取得了不错的票房成绩。

里根倡导的保守观念的复归，在文化上是以1977年《星球大战》（Star Wars）的上映为标志。在这之后，大量科幻题材、冒险题材、少年题材的电影逐渐受到新世代观众的欢迎。与20世纪60~70年代长期以来揭露现实丑闻、呈现负面事件、针砭社会时弊的影片不同，80年代的美国电影展现出一股纯真与浪漫，一种英雄主义乐观精神的回归。例如，《夺宝奇兵》（Indiana Jones）、《E. T. 外星人》（E. T.）、《七宝奇谋》（The Goonies）、《捉鬼敢死队》（Ghostbusters）、《风云际会》（Willow）等，这些影片呼应着里根保守主义价值理念的归来——一种善恶分明、邪不压正的传统观念在银幕上重获新生的隐喻。

尽管电影营造的幻想世界中，一切都是英雄成长和实现救赎的现代神话故事，然而现实环境中，保守主义政治家希望美国人复归传统的理念，却没有让普通民众的生活变得更好。

里根执政时期，由于经济自由化、私有化、民营化的进行，国家对福利补助的大幅削减，对金融行业等产业的去监管化，使得贫富差距正不断拉大。富裕阶层的价值观与工人阶层、贫困阶层的价值理念正日趋分化，这一点在奥利弗·斯通（Oliver Stone）执导的影片《华尔街》（Wall Street）中有着直观的体现。

"贪婪是好东西。"（Greed is Good.）这句经典台词曾触动无数观众。财富作为通往权力的阶梯，以及获取名望的手段，其本身并无好坏之分。然而，金钱仿佛一面镜子，它投射出人性的幽暗、贪婪和野蛮，显示出资本主义制度下人们内心的物欲横流、自甘堕落。

20世纪80年代初，由于能源危机引起的大宗商品价格高涨，让得克萨斯州诞生了许多石油大亨。美剧《朱门恩怨》（Dallas）中展现了这些能源巨子的奢靡生活。

回顾历史，传统的新教伦理强调工作至上和道德规范，注重生活节俭、节制和节约，然而20世纪80年代的资本狂潮，不仅为富裕阶层带来了巨大财富，同时也在中产阶层中掀起消费浪潮——信用卡的日渐普及、广告业的无孔不入、消费品的极大丰裕，这些都使得大众纷纷向往富裕阶层的奢华生活。通过电视商业媒体的推波助澜，美国人更多地沉浸在视觉感官符号和消费社会的"魅影"之中，商品的使用价值渐渐显得不那么重要，其所代表的品味、身份、地位的符号象征则日趋凸显——当你饮用巴黎水（Perrier）的时候，你品用的是具有欧陆浪漫风情的时尚饮品；当你使用最先进的蜂窝电话（Cellular Phone）时，你引领的是最新的科技潮流和流行趋势；当你作为"山谷女孩"（Valley Girl）在购物中心大肆消费时，你代表的是新世代的全新时尚生活风潮。

20世纪80年代,美国的亿万富翁挥金如土,大肆购买私人飞机、游艇和豪宅,中产阶层也大手笔购置各种奢侈品、不惜重金出国旅游。流光溢彩、物欲横流是这个年代的真实写照,如同菲斯杰拉德的《了不起的盖茨比》(*The Great Gatsby*)所描述的20年代的美利坚一样,金钱、财富和物欲是彼时美国人的精神追求。

20世纪80年代美国富裕阶层、中产阶层的消费浪潮不断影响着主流文化的变迁。与此同时,许多亚文化也慢慢兴盛起来。城市街头艺术中的涂鸦、嘻哈(Hip‐Hop)变得日渐流行,它跳脱了其诞生地——被视为都市边缘、落后、贫穷的少数族裔街区,通过与摇滚音乐、流行文化、先锋艺术等文艺形式跨界融合,日益影响着普罗大众的精神生活,青少年尤其受这些艺术形式的影响。尽管保守的政客通过媒体对这种文化潮流提出质疑,然而,无论是白人的孩童,还是少数族裔的少年,亦或是独立音乐厂牌、前卫艺术机构,他们都从这种反主流的亚文化中获取力量,反叛、讽刺、嘻哈……这种后现代的艺术形式解构着主流文化、精英文化,正不断形成新的文化潮流。

除了以上文化现象外,尽管20世纪80年代保守主义政客希望大众回归传统,然而现实中人们却在践行日趋多元的价值理念,这其中既有消费社会拜金主义的价值观、又有街头艺术批判现实的世界观,同时还有对传统白人至上观念的辛辣讽刺。

与《回到未来》类似的是,1989年诞生的动画片《辛普森一家》(The Simpsons)也展现了家庭内部的代沟、邻里之间的冲突,对于保守主义根植的白人文化传统进行了无情的批判,喜剧式的剧情将不同世代、不同种族、不同性别之间的矛盾通过诙谐幽默的方式呈现出来,人们在观看过程中不仅收获了笑声,同时也对自身进行了一番调侃和检视。毕竟每个人或多或少都存在偏见,重要的是要让自己认识并意识到这些偏见和不足,而这是作出改变的第一步。

20世纪80年代,对于美国人来说意义特殊:它是光鲜亮丽、五光十色的十年,是物欲横流、拜金至上的十年,同时也是贫富分化、社会分野的十年,是充满希望、承上启下的十年。这十年的终点便是90年代的粉墨登场,新的十年始于80年代末世界范围内的巨变,冷战的结束使得美国成为彼时世界唯一的超级强国，美利坚的政治、经济、文化模式开始全球输出，全新的历史篇章需要新的时代人物来引领，作为"婴儿潮"世代的代表人物——比尔·克林顿（Bill Clinton）此时登上了美利坚政治舞台的中心。

与传统老牌政客不同，克林顿代表着"二战"后成长的一代新人，作为时代转变的标志而在历史中留名。他深谙只有赢得新世代选民的内心，才有可能走向权力的巅峰，而这需要对文化嬗变有着深刻的理解和洞察。也因此，他利用当时流行的电视娱乐媒介为自己的竞选添砖加瓦，吸引更为年轻的 X 世代为之投票。克林顿在深夜脱口秀节目中登场，表演才艺，精彩过人；他与街边少年交流互动，身体力行与青年打成一片；同时，他还利用麦当娜（Madonna）等青春偶像的力量，为自己竞选持续拉票，这些亲民的举动显得深入群众，很接地气，使他能够脱颖而出，当选美利坚合众国第 42 任总统。

克林顿的胜选标志着"婴儿潮"世代全面接管美国政治、经济、社会生活各个方面，这一里程碑在文化作品中的表现，便是 1994 年电影《阿甘正传》（Forrest Gump）的上映。

这部影片回顾了战后出生的普通人阿甘的人生经历——从20世纪50年代麦卡锡主义（McCarthyism）的阴霾笼罩、到六七十年代民权运动的风起云涌、越战、水门事件的相继爆发、乒乓外交的开展进行，再到80年代的里根革命。阿甘这个普通的美国人，既作为亲历者，又身为旁观者，通过他的双眸和经历，回顾了整个"婴儿潮"世代的青春岁月。作为对时代的铭记和人生的追忆，《阿甘正传》不仅在影史中留得青名，也为"婴儿潮"世代曾经的过往岁月划下了浓墨重彩的一笔。

20世纪90年代对于美国电影行业来说是一个辉煌的年代。伴随冷战的结束，中国、俄罗斯及东欧诸国陆续融入全球化进程，好莱坞电影文化开始进入这些新兴市场。

美国凭借彼时举世无双的经济、军事、科技实力，不断传播它的价值观念和文化精神，好莱坞影片一时风靡全球，其主题也越来越多元，既有《终结者2：审判日》（Terminator 2：Judgment Day）、《侏罗纪公园》（Jurassic Park）、《独立日》（Independence Day）这种注重视听效果的科幻大片，也有《低俗小说》（Pulp Fiction）、《爱在黎明破晓前》（Before Sunrise）、《心灵捕手》（Good Will Hunting）这类风格独立的艺术电影。

20世纪90年代美国影片[《费城故事》（Philadelphia）、《肖申克的救赎》（The Shawshank Redemption）、《乞丐博士》（With Honors）等]的创作者并不是以高高在上的作秀心态，对弱势群体开展伪善的"关心"，而是着实为推动理想社会的进步而展开创作，因为真情实感、触及灵魂的作品才能真正打动观众的内心，而这些电影佳作与商业影片一道，共同构成了20世纪90年代好莱坞电影"百花齐放"的创作局面。

然而，伴随世纪末《泰坦尼克号》（Titanic）上映取得的巨大成功，美国电影越来越注重大投资、大制作，通过先进的特效技术创造视觉奇观，而忽略思想探索、艺术创造、故事创新与人物塑造，这也为21世纪整个好莱坞电影资本至上、保守单一的发展奠定了基调。

20世纪90年代美国电影产业日益追求着视听刺激、追寻着市场价值、追逐着高额回报，其电视行业也进入了黄金发展期。

与电影制片人日渐保守不同的是，电视节目制作人不再循规蹈矩，他们开拓创新、勇于进取，各种类型题材的作品纷纷问世——医疗剧、律政剧、警匪剧向着越来越专业的方向展开创作；情景喜剧《老友记》（Friends）创下连播十季的收视热潮，剧中展现的朋友们同住一屋檐下的开心生活场景，正是每个世代年轻人都向往和追求的；颇具导演个人艺术色彩的剧集《双峰》（Twin Peaks），以意识流的叙事结构、风格化的视听效果、鲜明化的人物塑造，让观者为之倾倒，成为名噪一时的文化现象。《南方公园》（South Park）虽是动画题材作品，然而其主题却显露出成人化风格，内容针砭时弊、嘲讽伪善、直击人性。

20世纪90年代美国的电视节目，也诞生了许多有关少数族裔、女性和青少年主题的佳作。《阿瑟尼奥·豪尔脱口秀》（The Arsenio Hall Show）让同名主持人化身"深夜王子"，这档节目围绕刻板印象、社会议题、争议话题展开对话与讨论，收获年轻世代喜爱；《欲望都市》（Sex and the City）的播出则让独立女性的宣言通过电视媒体走进千家万户，女性既不是之于男性而言的"他者"，也不是满足男性欲望的"对象"，亦不是依附男性存在的"客体"，她们是有着自我意识、平等观念的独立主体。

除此之外，"千禧一代"的不断成长，让大量剧集将关注的焦点寄托在他们身上。现实题材的作品展现着西方社会中人与人之间的冷漠，以及青春的并不完美——校园里并不一直是欢声笑语的，成长中也并不总是一帆风顺的，当聚光灯移向普通少年的时候，他们的经历、遭遇和困顿，引起了许多年轻人的共鸣。

20世纪90年代美国的创新不仅出现在文化市场，也赋能于科技领域。在80年代IBM个人计算机和90年代微软视窗（Windows）操作系统的引领下，伴随蒂姆·伯纳斯·李（Tim Berners-Lee）发明的万维网，以及海底光缆大面积铺设的推动，信息高速公路正在联通世界。互联网行业的高速发展，催生了科技领域的文化繁荣——全新的极客（Geek）文化、书呆子（Nerd）文化，如同日本的御宅族文化一样，日渐繁盛和流行。

以Nerd为代表的这种亚文化群体喜爱科技产品，钟爱"二次元"创作，科幻电影、动画特摄、漫画游戏是他们的最爱。对于这些流行文化符号他们如数家珍，对于某一领域的深入洞察则让不爱社交的他们赢得赞叹。尽管与这个世界有些格格不入，Nerd们还是在自己内心充裕的精神时空里遨游。虽不像运动明星和派对皇后那样在校园内呼风唤雨，却仍然形成一股亚文化风潮，成为新世代青年文化的又一标志。

在互联网经济营造的一片盛世氛围中，也有着暗流涌动、幽暗无光的阴影，从里根时代开始的贫富分化，在克林顿执政时期并未得到改善，这也让反抗精神浓郁的另类摇滚掀起浪潮，通过直抵现实黑暗的歌词和金属感浓郁的音响效果，倾诉着困苦、迷茫的年轻人心中的彷徨与不安、叛逆与失望。20 世纪末，一位白人说唱巨星——埃米纳姆（Eminem）的崛起，则将底层白人男性的痛苦诠释出来，这种风潮的兴起使得美国政治、经济、社会、文化的撕裂在互联网泡沫的盛世下，有了一丝幽暗的端倪。

20 世纪 90 年代末，一股青少年流行音乐（Teen Pop）潮流席卷全球，后街男孩（Backstreet Boys）、超级男孩（N Sync）、布莱尼·斯皮尔斯（Britney Spears）、克里斯蒂娜·阿奎莱拉（Christina Aguilera），这些新生代偶像多半出道于迪士尼（Disney）旗下的选秀栏目和活动（后街男孩中的 Howie D.、A. J.、Nick Carter 早年曾参加过迪士尼试镜，超级男孩中的 Justin Timberlake、J. C.，以及 Britney Spears、Christina Aguilera 早年参加过迪士尼旗下的童星选秀类栏目米老鼠俱乐部），也因此从一开始他们的音乐便有很强的商业导向，对彼时的青少年有着极大影响（诚如其名，Teen Pop 对 13～19 岁之间的少年影响最大）。

尽管这些偶像的歌声也反映出当代青年被资本异化、劳动异化的深切感受，映射出他们"原子化"孤独地生存在现代世界的时代症候［比如布莱尼的《幸运》（Lucky）表现了光彩照人的明星在聚光灯背后伤心落寞的一面、后街男孩的《告诉我孤独的真谛》（Show Me the Meaning of Being Lonely）］则展现出至亲离世后悲痛欲绝的内心情感，以及孤独面对人生灰暗时刻的艰难处境）。然而，他们所代表的流行趋势，已不再像 20 世纪 60～80 年代初的摇滚、民谣、朋克歌手那样，进行着对现实的批判。年轻人已不像过去那样愤怒，在这个乐观至上的十年，他们沉浸在互联网泡沫编织的景气经济之中，享受着世纪末永不停歇的财富增长，感受着流行音乐旋律的曼妙之音，个人悲欢离合的"小确幸""小确丧"，以及歌词中卿卿我我的爱恋时光。

如同著名学者罗伯特·帕特南（Robert D. Putnam）在其学术著作《独自打保龄：美国社区的衰落与复兴》（*Bowling Alone: The Collapse and Revival of American Community*）中描

述的那样,人们尤其是年轻人已不再像过去那样崇尚公共生活、讨论公共话题,他们在这种"娱乐至死"的氛围中,体验着永不落幕的狂欢盛宴,然而这一切会永远持续下去吗?新千年的到来即将给出答案。

(本篇文章于2022年10月17日首发于电影评论媒体"深焦DeepFocus"微信公众号)

❖ 解忧杂货店：日本逝去的时代，有什么不一样？

改编自东野圭吾畅销小说《解忧杂货店》的同名电影于 2017 年 12 月在国内上映，影片内容展现了时代大背景变迁下小人物命运的悲欢离合与情感的喜怒哀乐。片中温情脉脉的怀旧氛围及感人至深的故事情节令无数观众动容。

作为视听语言的艺术载体——电影里的解忧杂货铺忠实地还原了小说文本里的经典设定，成为穿越时空的节点与桥梁，串联起日本近现代社会发展的脉络。无论小说或是电影，典型人物的刻画和环境描写勾勒出日本不同时期的社会风貌，展示出日本社会发展的时代特征。

曾经，日本是东亚国家和地区发展的排头兵，其社会发展在许多方面处于超前的位置。回顾日本发展的历史，对我们自身的进步会产生一些有益的见解。

一、经济高速成长期的国民社会：乐观自信的人生信条与进步发展的社会理念

日本"二战"后的经济在 1955～1973 年间进入高速发展阶段——以朝鲜战争为起点并以"55 年体制"的确立为标志，日本的经济从此开始腾飞。其先后经历了"神武景气""岩户景气""伊奘诺景气"。[1]

这期间，东京塔于 1958 年建成，东京奥运会（1964 年）和大阪世博会（1970 年）相继成功举办，日本从"二战"后的经济泥沼中走出。1968 年，明治维新 100 周年之际，日本的国内生产总值首次超过联邦德国，成为资本主义世界第二，实现了"二战"后经济的一次飞跃。[2]

这一阶段，日本从事第一产业的人口迅速减少，第二产业人口急剧增加，产业结构逐渐从农业、轻工业向重工

---

[1] 张季风. 日本经济概论 [M]. 北京：中国社会科学出版社，2009：9-13.
[2] 张季风. 日本经济概论 [M]. 北京：中国社会科学出版社，2009：15.

业转型，经济模式逐步形成出口导向型的发展模式。同时期，农村劳动力伴随着战后人口出生的大爆炸逐渐向城市迁移，使得农村地区出现了"空心化"前兆。城市化进程的加快促使城市居民纷纷追求更高品质的生活，市民争相抢购家电三大神器（20世纪50年代中后期开始，黑白电视、洗衣机、电冰箱）和新三大神器（20世纪60年代中期开始，彩色电视、空调、汽车）。[1]

在经济高速成长期，社会流动加快、民众生活质量改善，人们心中充满了乐观与自信，坚信社会发展在进步、未来会更加美好、努力工作会有所回报……一种蒸蒸日上的国民情绪油然而生。

20世纪50年代经济起飞时期的那种乐观与自信也体现在当时的主流文艺作品之中。这一时期诞生了一首国民歌曲——《昂首向前走》（上を向いて歩こう）。尽管其创作初衷并不是要激励国民努力向前，而只是抒发创作者浪漫主义式的理想情怀，然而伴随战后经济的迅速发展，这首歌本身演化成一种精神上的象征，代表着日本人顽强拼搏、

---

[1] 张季风. 日本经济概论［M］. 北京：中国社会科学出版社，2009：10.

不畏艰险的精神。

同一时期，"漫画之神"手冢治虫的动画巨作《铁臂阿童木》在电视上播映，片中的机器人阿童木也象征着战后日本的精神——一个面积狭小、资源匮乏的岛国，要想在纷繁复杂的国际经济战场上立足竞争，则必须像阿童木一样以小博大，发挥自己的长处和禀赋，以实现经济的腾飞。

二、经济稳定增长期的社会万象：中产阶层价值观念的形成和文化的多元化发展

1973年"石油危机"爆发，日本经济的高速增长戛然而止。

这一危机引发能源价格的快速上涨，通货膨胀愈发严重；与此同时，布雷顿森林体系终结，日本在日美贸易中处于巨额的顺差地位，使得美国要求日本开放国内市场，并促使日元汇率升值。日本政府因此需改变经济发展模式以应对这一变化，其社会产业结构逐渐从重工业向汽车、电子、机械等高附加值产业转型升级，以减少对能源经济的依赖。

改革使得经济发展迈入稳步上升的轨道，加上终身雇佣制管理体系的确立、媒体的大量宣传，日本全社会形成

了"一亿总中流"的意识[1]（即日本总人口为1.2亿~1.3亿人，其中1亿公民都是中产阶层）。尽管当时职场压力与日俱增，"过劳死"现象时有发生，"中流意识"价值观念还是让民众（尤其在城市地区）延续了努力奋斗的精神，促使他们对生活领域的改善抱有更多期待。同时，"空心化"现象在农村地区更为严重，劳动人口向城市的迁移使农村渐渐只剩下老人和儿童。与城市相比，农村经济社会的发展日趋处于不利的局面。

这一时期，伴随着经济的稳步增长，日本的文艺事业日趋呈现出多元化的局面：西方文化在年轻人中流行开来，对日本社会的影响日益深刻；电影作品也显示出创作主体和故事内容的多元化特点，大岛渚、小林正树等艺术电影导演创作的作品都呈现出对"二战"侵略历史的反思和对日本人国民性的思考。

同一时期，日本文化也在影响着其他文化，许多西方影片（如《星球大战》《银翼杀手》）纷纷引入东瀛文化元素，日本文化的软实力与经济硬实力一道，逐渐成为日本

---

1 ［日］高坂健次. 当代日本社会分层［M］. 张弦，等译. 北京：中国人民大学出版社，2004：56-63.

社会的标签，世界各国也借此开始了解这个曾经神秘的东方国度。

三、泡沫经济时期的社会现状：新世代的价值观念和物质消费的盛行

日本虽然于20世纪70年代中后期到80年代前期对本国的经济结构、劳动力市场进行了改革，但日美两国的贸易失衡问题并未得到解决，反而越来越严重。于是在美国的倡导下，1985年G5集团国家（美国、日本、英国、法国、联邦德国）在纽约签订了"广场协议"。此后，日元汇率开始迅速升值，日本出口产业备受打击。鉴于此，为了保持经济平稳发展，日本央行开始多次降息，却使得国内投机需求不断增长，地价、房价、股价快速上涨，最终进入泡沫经济时代。

泡沫时代的日本正大举投资地产开发，各地纷纷新建办公写字楼、公寓住宅、旅游度假村等设施。同时日本的大企业在海外不断收购资产，如三菱买下洛克菲勒大厦、索尼买下哥伦比亚电影公司等。对于城市中产阶层的人们来说，鉴于日元汇率的升值，出国旅游变得更为划算，这

一时期世界处处都能见到日本人的身影，形成了日本人"爆买"全世界的情景。对于农村地区的人们来说，由于地价的不断攀升及基础设施的大幅改善，促使地方经济也逐渐展露出景气局面。

景气的经济让日本社会变得愈加多元化，与过去"工蜂"式的社会群体（指过去在职场卖命工作、艰苦奋斗的日本人）有所不同，这一时期出现了"御宅族"的雏形，同时也诞生了飞特族（Freeter）、尼特族（NEET）等社会亚群体（这或许是日本社会"躺平"群体的始祖）。飞特族指自由职业者，尼特族是英文 Not currently engaged in Employment, Education or Training 的缩写，意指当下既不接受雇佣也不接受教育和培训的人。

20世纪80年代中期日本经济如日中天，使得许多年轻人开始追寻与父辈不同的人生体验，他们不希望接受完学校教育，便立马进入职场卖命工作、奉献一生，而是随自己的喜好自由支配时间。这些青年的出现使得日本社会群体呈现出更加多元的特点。

这一时期的日本社会文化显示出拜金主义和物质消费等多重特点：快消品本是薄利产品，日本有商家在泡沫时期竟推出过金箔寿司，以吸引富裕消费者购买；东京都等大都会市区内霓虹灯夜夜闪亮、人头攒动，商场购物中心人群川流不息，络绎不绝，而在新宿、六本木等闹市区内，酒吧迪厅林立，一派歌舞升平。

这股物质拜金风体现在文化作品中便是1989年由当红女子摇滚乐队Princess Princess演唱的《Diamond》（钻石），该曲是日本1989年最为畅销的单曲，其歌词内容讲述了年轻貌美的女孩子在五光十色的大都市氛围下恋爱消费的故事，至今听起来仍能体味到当时社会文化的动感时尚、流光溢彩。

四、失去的二十年：社会结构日趋"下流化"和传统保守价值观念的复归

好景不长，伴随着20世纪90年代泡沫经济的崩裂，日本经济开始进入战后最大规模的衰退。

同期，世界各地陆续发生重大变革——苏联解体、东欧剧变、中国进入社会主义市场经济时期、美国科技互联网产业迅猛发展……日本的经济发展渐渐落于人后。泡沫时期由于经济扩张，大量企业为投资项目或投机行为而从

银行抵押巨额借贷（也有银行为了自身业绩，进行"晴天借伞，雨天收伞"的行为，强迫公司借贷），在经济衰退期间由于抵押品价值下跌、盈利减弱，致使企业无法归还贷款，进而倒闭。此外，经济泡沫的崩裂使银行的坏账、呆账越来越多，最终促使山一证券、北海道拓殖银行于90年代中后期纷纷破产。金融系统性风险爆发，迫使日本央行成为世界上第一个使用量化宽松（QE）货币实验的国家。

经济低迷还迫使企业不断裁员，鉴于长期脱离雇佣环境，飞特族、尼特族群体无法顺利进入工作场所而逐渐成为社会边缘人群。尽管日本的失业率一直很低，但是这一数字并未包括大量非正式雇佣员工，这些员工的收入待遇和福利状况无法与正式员工相提并论，可谓社会的"隐性失业"。日本人口也开始出现少子老龄化趋势，除了少数大城市以外，小城镇与农村的发展陷入停滞，"鬼城""空村"的现象在日本各地上演，甚至延伸到东京等大都会的卫星城内。

在文化领域，随着1995年话题性动画巨作《EVA新世纪福音战士》的播映，年轻一代的问题走入大众视野。该部动画片展现了御宅族一代的性格特点——懦弱、不安、焦虑,"家里蹲"现象一时成为社会热点。同年由金牌编剧野岛伸司主笔的电视剧《未成年》在日本TBS电视台播放,片中同样关注青年一代,展现出他们艰难的处境和越来越多的社会问题,这些问题涉及经济衰退、企业破产、教育制度、媒体环境等各个领域,展示出创作者对社会现状细致入微的观察和剖析。

1995年对于当代日本社会来说具有特殊的意义,不仅是因为有话题性的文化作品播映,更在于这一年发生了多起天灾人祸,1月的阪神淡路大地震,3月的东京地下铁沙林毒气事件,使得民众的心情异常悲观绝望。这一负面的社会心态随同1997年桥本龙太郎政府不适时机提高消费税一道,使得经济的发展陷入停滞,连年通缩的局面已成定局。

从泡沫经济崩裂开始,日本历经了长达几十年的"失去岁月"。在这期间,日本社会也发生了缓慢但却巨大的变化,NHK播映了多部描述社会现状的纪录片,包括《穷忙族》《无缘社会》《女性贫困》等均揭示出经济低迷下社会上众多的负面现象。非正式雇佣造成了无论如何努力工作都无法摆脱贫困的局面;少子老龄化的发展和社会保障体系的难以为继，让老年人无法顺利安度晚年；飞特族、尼特族等社会群体成为永久性失业群体，一生有可能无缘社会；单亲妈妈的生活状况堪忧，贫穷和社会阶层正在开始代际遗传。

2006年社会学家三浦展出版了他的畅销书《下流社会》，该书通过调查研究表明日本社会正逐步出现阶层向下流动的趋势。该趋势逆转了20世纪60~80年代的"一亿总中流"局面，表明昔日人们蒸蒸日上的"动物精神"开始被"草食性格"所取代——他们去百元店购物，展示出保守的消费观念，他们不再追求第一而是只求自己成为唯一。

这一趋势体现在文艺作品中，便是国民歌曲《世界上唯一的花》（世界に一つだけの花）的热销，该首歌的主题表达了历经白热化竞争后归于平静的人生体会，与日本民众社会心态的发展方向具有巨大的一致性——长达二十多年的通货紧缩局面昭示着日本失去的岁月，也记录下社会文化再次回归保守传统的价值理念。

"二战"后日本社会的变迁，对于许多后发展国家来说，都有着一定的借鉴意义。就像《解忧杂货店》中借助时空的转换,来自未来的青年可以给当下的社会人以指导,日本发展历程中成功的经验和失败的教训也伴随穿越时空的"时间机器"一道,带给我们思考。

(本篇文章于2018年3月20日首发于媒体"南都观察"网易号)

❖ 偶像、御宅族、"容器人"
—— 日本 20 世纪 80～90 年代社会文化侧影

回顾"二战"后日本社会的文化史，就不得不提及 20 世纪末。那一时期，伴随泡沫经济的空前高涨和迅速崩裂，日本社会的面貌发生了巨大的变化——消费社会带来的偶像文化的盛行，动漫作品引起的"御宅族"亚文化的兴盛、电视媒介造成的"容器人"群体的出现。这些文化现象令日本民众的注意力逐渐"脱实入虚"——他们开始远离对现实的关注，而对幻境和自我充满了希冀和追求。

"二战"后长期以来日本民众特别是年轻人都有一种浓

厚的抗争情结。20世纪60年代的"安保斗争""大学纷争"运动一浪高过一浪，它们与世界范围内的青年学生运动遥相呼应，成为时代中一道独特的景象。然而随着1968年法国"五月风暴"的结束，"大学纷争"运动接近尾声；而伴随1972年联合赤军"浅田山庄事件"的爆发，"二战"后长期以来的左翼社会运动潮流戛然而止。

20世纪70年代的日本，由于两次石油危机，经济被迫转型，作为回应，同时也是对当时（70年代末~80年代初）里根总统、撒切尔夫人等美英保守政客上台的呼应，日本的政治也出现向右转的倾向。与政治领域相对应的是，由于战后经济的高速发展，生产力迅速提高，物质产品因此极大丰富，这造成人们思想观念、生活方式的深刻变化——消费而不是生产、享受而不是斗争成为了当时的社会潮流。这一时期的日本，政治上的保守化和经济上的消费化已然初露端倪。

一、偶像——商业资本与大众传媒打造的幻象

20世纪80年代伊始，消费文化开始风靡日本。作为文化消费领域的重要组成部分，彼时的日本偶像产业（具有

Idol号召力的偶像大量出现：如中森明菜、松田圣子、小泉今日子、中山美穗、工藤静香等少女偶像，AKB48制作人秋元康于80年代打造的女团——小猫俱乐部，以及近藤真彦、少年队、光Genji等男子偶像）正蓬勃发展，其火爆程度令粉丝们身心疯狂。在他们眼中，偶像的内涵不仅仅是外貌上的完美无瑕，更是一种图腾般的精神象征，这种标识与象征意味着一个庞大虚构世界现实化的存在，在这里偶像取代了政治人物、商业精英、学术名人，其存在具有一种克里斯马式的、宗教般的迷人魅力。众多粉丝倾慕在偶像周围，"仰望注视"着他们。而他们的存在也令追随者们在生活中有了物质和情感的寄托，尽管这种寄托的对象只是文化工业中虚构的幻象而已。

为什么20世纪80年代日本偶像市场会如此火爆？

一方面，这是由于当时的泡沫经济如火如荼，大量过剩资本无处投放，需要寻找新的投资领域，而文化市场作为消费社会中极为重要的一环，其发展与娱乐产业、大众传媒、广告营销、商品销售密切相关，商业资本也因此找到了新的、更为广阔的盈利空间；另一方面，尽管物质领域极大丰富，现实社会中的竞争却与日俱增、渐趋白热化，身处其间的日本民众尤其是青少年感到生活压抑、生命空虚。他们亟须在精神世界中寻找慰藉，偶像文化因此应运而生。

20世纪80年代日本的青少年不再像"团块世代"（指1947~1949年出生的一代日本人，其青年阶段处于20世纪六七十年代）前辈那样，在青年时代参加学生运动、参与政治活动；而是在消费社会的"沐浴"下，化身物质消费、偶像消费的信徒。他们的消费活动充分"自主化"，仿佛是在"自由意志"的指引下，"自主"完成的行为。然而实际上，偶像是商业资本和大众传媒共同打造出来的文化工业符号，他们借助电视这种传播媒介在80年代的日本迅速崛起。也因此，偶像是一种满足特定群体精神需求的消费品。

与消费品类似的是，偶像诞生于文化工业流水线上，具有工业时代"专业化生产"的特征。然而20世纪80年代的日本已从工业文明转型到后工业文明、由现代性社会转向后现代社会，消费在这一时期取代生产成为社会潮流，偶像作为消费社会的产物，必然得接受大众消费市场的检验。鉴于此，偶像艺人们必须有一定的号召力，并显示出不同的符号特征。不同的偶像具有不同的人格特质、外貌特点，他们也因此被塑造成不同类型的明星，如以"玉女"形象出道的松田圣子、"叛逆少女"人设示人的中森明菜等，她（他）们身上的这些标签符号通过大众传媒进行传播，满足了不同粉丝群体对于完美人格的幻想，使他们的追星之梦得以实现。

此外，偶像是一种虚构观念现实化的存在。出于商业目的的考量，明星必须隐藏自己的真实个性，人设（如男团偶像们因其所属团体及个人特质的不同而拥有不同的团设、人设）是他们示人的现实基础，尽管这有时会与偶像的真实人格差异很大（如松田圣子与中森明菜的人设形象与其本人真实人格差异很大），也常令他们处于精神分裂的状态。

现身于电视荧幕等大众传媒中的偶像是经过商业包装的个体，是碎片化景观世界中的影像、断片。在这种视听化、感官化、虚拟化的传媒环境中，伴随20世纪80年代日本消费社会的发展，后现代社会"娱乐至死"的氛围已然形成。

对于特定的粉丝群体来说，偶像也具有宗教灵魂人物般的魅力，仿佛是耀眼夺目的光源一样，他们身上流溢出无尽的光芒，"照耀温暖"着身边的粉丝。与此同时，偶像也可以成为粉丝们的信仰之源，其存在会激发他们潜意识里的欲望，令部分粉丝化身为狂热的偶像原教旨主义者——他们会以极度感性的方式顶礼膜拜偶像，在疯狂的情感世界中皈依偶像。

除此之外，20世纪80年代的偶像热潮也在一定程度上象征了那一时期日本都市化扩张的步伐，这一时期的日本城市文化显示出拜金主义、享乐主义、消费主义等多重特点。享受城市美好时光在当时达到高潮，这一方面是由于泡沫经济引起的地价、股价暴涨，令投资城市（尤其是东京这样的大都市）地产成为一笔划算的买卖；另一方面大众传媒也把都市生活的欲望通过电视广告、电影影像传达给每一位观众。城市的现代摩登、动感魅力、流光溢彩体现在当时的流行音乐、City–Pop、蒸汽波、Jazz Funk等潮流乐曲之中，通过偶像艺人和实力派歌手的表演和演绎，传递到每个粉丝和乐迷的心中。

二、御宅族——逃避到二次元幻境的人们

与粉丝崇拜的偶像不同的是，20世纪80年代初形成的"御宅族"文化则与现实拉开了距离——"御宅族"

群体所推崇的动漫人物虽与偶像明星一样，是虚构出来的形象，但"他们"却并不存在于现实之中，而是出现在虚拟的时空环境里。在泡沫经济鼎盛的年代，日本的动漫领域也迎来了自己的全盛时期，拥有庞大世界观设定的动画作品诸如《机动战士高达》（機動戦士ガンダム）、《超时空要塞Macross》（超時空要塞マクロス）等收获了大量的"御宅族"拥趸，并成为社会流行的文化现象。此时的动漫作品呈现出宏大叙事的特点，作为对战后经济高速成长神话的呼应，体现着20世纪80年代弥漫于日本社会的高度自信。

然而进入20世纪90年代，伴随着泡沫经济的崩裂，这种宏大叙事主题的作品渐渐被解构和消解，逐步被碎片化的"缩微物语"所取代，这是由于战后经济神话的破灭导致人们信心的坍塌，"草食系"的性格逐渐取代过去的"动物精神"，那种洋溢着浪漫主义激情、理想主义梦想的宏大叙事作品，其精神内核已无法支撑起现实中艰难生存的个体，他们对自己的前途充满了悲观的不确定感，而人际关系的冷漠也进一步造成个体生活的"原子化"——学生时代的校园霸凌事件，令孩子们幼小的心灵受到创伤。"就业冰河期"的到来，使年轻人找工作日益变得困难，他们不仅面临着求职方面的困境，同时也遭遇着收入减少（原因是正式职位的减少、"非正式雇佣"的增加）、职场环境恶劣等问题。也因此，年轻人想回到自己封闭的小世界中，他们慢慢化身为"飞特族""尼特族""蛰居族""御宅族"……

"御宅族"（Otaku）生活在ACG［动画（Animation）、漫画（Comic）、游戏（Game）］的世界里，他们喜欢虚拟时空，因此被贴上不关注现实、不合群、缺乏责任感、无法吃苦等标签。实际上，现实中的困境、人际交往中的困惑令他们越来越多地远离真实的环境；与此同时，科技的进步又使他们足不出户便能接触到丰富的信息，也令其"御宅"倾向愈加明显。"御宅族"对现实的失望越来越大，"欲望"越来越低，他们逐渐化身"佛系少年"。

作为一种青年亚文化的代表，御宅族的审美追求与之前世代有很大的不同，他们喜欢"萌"的事物，这种"萌"之审美通过"萝莉控"漫画得以满足。从20世纪80年代中后期开始，"萝莉控"漫画逐渐抓住御宅族的内心，这种漫画的画风并不以写实为目标，而是突出女孩某些方面的特征。御宅族在现实中受挫的内心往往可以在虚拟世界里得到抚慰——动漫作品里的女孩外表可爱讨人喜欢，其性格特点也非常满足宅男的心理。二次元的文化空间取代三次元的现实，成为其精神世界的归宿。

与追逐偶像的粉丝们相比，御宅族的斗争意识更为薄弱。尽管20世纪90年代日本的经济局势普遍恶化、政治气候进一步向右转，却没有激起相应群体社会运动的大规模爆发。人们的观念普遍趋向保守，往昔的斗争精神已然全无。青年人没有了朝气——他们会在偶像的演唱会上狂欢，却无法对现实事物提起兴趣；亦或沉迷于二次元世界（"御宅族"一般关注二次元领域，包括动漫、游戏、同人创作、Cosplay……），而与现实时空没有交集。

三、"内卷化"社会——冷漠、孤独、虚幻的后现代人生

如前文所述不难发现，20世纪90年代泡沫经济的崩裂是现代日本社会发展史上一个重要的转折点——它不仅引发文艺创作中宏大叙事风格的式微，也令日本的社会风气出现很大的转向。右翼保守势力逐步占据政坛主流［苏东剧变间接造成许多西方国家（包括日本）的左翼政党势力

日趋式微］，群众中的民族主义情绪也日益高涨（右翼保守政治和其控制的传媒机构助长了这一观念的高涨）。

在这股主流政治、社会潮流之外，反抗精神销声匿迹，20世纪60年代高涨的左翼社会运动已销匿数十年之久，无法扭转右翼政治、低迷经济的发展趋势，社会危机也日趋严重。战后经济高速成长期，日本社会的剧烈变迁，虽使得人们的生活变得富裕，对人生和未来充满希望，与此同时也产生了包括城乡发展不均、阶层流动缓慢、社会支持缺乏等各种问题。

社会矛盾伴随着20世纪80年代日本泡沫经济的高涨，都市社会持续扩张、民众生活物欲横流。这一时期，政府腐败、道德滑坡、人际关系冷漠，人们为权力、金钱、名望而奔波东西，大众尤其是年轻人面临着白热化的竞争而身心俱疲，他们精神世界的空虚无处填补。尽管偶像、动漫可以缓解一部分人的精神危机，却不能帮助所有的人寻找到心灵的归宿。在这个社会中，有大量的竞争失败者存在，他们痛苦压抑、感觉被社会抛弃，无人理睬、无人同情，作为无依无靠的现代社会中孤独的流浪者，他们的悲鸣无人聆听。

群体竞争的"内卷化"所形成的各种问题,不仅让人们的生活压力与日俱增、阶层分化越来越严重、社会流动越来越固化,也使得民众之间的关系日趋冷漠。不仅是失败者无人关照,社会中的中坚阶层也体会着相互之间的疏离——他们都想触碰他人的内心,却在激烈的竞争中彼此敬而远之。与此同时,大众传媒的嬗变也造就了新生世代生存时空的封闭。喜爱电视营造的虚幻世界的年轻人,正将身心投入到荧屏之中。1980年,日本传播学学者中野牧在《现代人的信息行为》一书中,用"容器人"描绘了当代日本人的孤独和寂寞——电视这种大众传播媒介下成长的一代人,他们的内心是自我的、封闭的、孤独的。这是由于人们在观看电视时,会自主在频道和节目中进行选择,这种行为是同自身的对话,是对自我喜好的反馈,而不是考虑他人偏好的交流。也因此,电视媒介(也可以引申出今日使用互联网观看短视频的用户,他们观看的视频都是通过系统算法推荐的、符合自己偏好的视频,这种方式使人们的选择更为被动)成长下的一代人,往往只能通过浅层的交流获得基本的满足,而不能进行真正的深入沟通。

于是,在白热化竞争中成长、在电视这种大众传播媒介影响下日渐封闭的个体感受到无尽的孤独，身处后现代社会，为试图摆脱这种"虚无"状态下"原子化"的生存状态，他们会在消费社会的"魅影"下，尝试用金钱填补空虚的内心，要么追求偶像等资本主义文化工业景观，要么沉浸于酒吧、迪厅、俱乐部（Club）等声色犬马场所，亦或是放纵自己的私欲，徘徊于各种伦理约束之外的人际旋涡之中，以获得感官和官能上的满足。他们从一个幻境走向另一个幻境，尽管展露给外人的一面光鲜亮丽，社会人内心的底色却是幽暗无光。

伴随着泡沫经济在20世纪90年代的崩裂，隐藏在经济高速成长下的社会问题也更加严重，多起恶性事件的发生（1989年的宫崎勤事件、1995年的东京地下铁沙林毒气事件、1997年的酒鬼蔷薇事件）使得消极的公众情绪，通过大众传媒的传播，迅速扩散到整个社会。这些情绪与经济萧条一道（90年代中叶伴随日本国内外经济环境的低迷，日本的许多企业都纷纷破产），让年轻人的心灵普遍受到创伤，他们不再相信曾经的宏大叙事，不再信任父辈笃信的"只要努力，就会有回报"的人生箴言，甚至对这种曾经的信条予以鄙视和憎恶，父辈的成功是建立在谎言和虚伪的基础之上，而看清这一本质的结果就是"佛系""躺平"，选择自己内心的归宿，回归自身的"缩微物语"之中。90年代，尽管有治愈文化的出现（90年代有许多描写人间真情的日剧（《同一屋檐下》《东京仙履奇缘》等问世）试图愈合人们心灵的伤口，然而，社会普遍存在的冷漠疏离依然不可逆转。

日本20世纪80~90年代的社会文化发展给予我们思考，在精神、社会与物质危机面前，人们该如何抉择：是选择留在欲望丛生的都市，还是回归破败凋敝的乡村；是沉溺于消费社会放纵自己，还是坚守心灵、守护道德；是追求感官官能上的享受，还是追寻精神世界的充盈；是步入幻境逃避痛苦，还是直面惨淡的人生；是任由歪理邪说扭曲自己的心灵，还是探索未知、寻找属于自己的、独一无二的价值……这或许是摆在后现代社会人们生存面前的一道"终极难题"吧！

（本篇文章于2019年9月17日首发于媒体"南都观察家"微信公众号）

❖ 跨世纪的潮流，日本偶像的变迁

20世纪70年代日本的偶像产业开始兴起，到80年代泡沫经济鼎盛期，伴随消费社会的潮流，偶像热潮风靡东洋列岛［具有 Idol 号召力的偶像大量出现：如中森明菜、松田圣子、小泉今日子，中山美穗等少女偶像、AKB48 制作人秋元康80年代打造的女团——小猫俱乐部，以及近藤真彦、少年队、光 Genji 等男子偶像］。这一时期的偶像以完美的造型、靓丽的人设、精湛的艺能展示于粉丝面前。而作为物欲横流的都市生活的象征，偶像风潮的盛行也代表了消费社会中人们对现代城市、摩登动感魅力的向往。

此时的日本经济位于发达国家前列。国民生活的富足伴随该时期"日本第一"的呼声甚嚣尘上，日本全民的自信正空前高涨。

然而好景不长，伴随20世纪90年代泡沫经济的崩裂，日本社会开始陷入长期的低迷状态之中，而这也对日益勃兴的偶像产业造成影响。这一时期，各大电视台资金紧张，纷纷砍掉不必要的电视节目，音乐栏目首当其冲。面对日渐减少的曝光率，新近成军的偶像及偶像团体的生存状况越来越艰难。与此同时，随着经济大幅度衰退，民众的购买力也在减弱，"非刚需"的偶像专辑、演唱会票务的销售也日益变得低迷[1]。

如何寻找到一条进化成长之路，对于当时的后辈偶像们来说极其艰难，也意义重大。过去，偶像的发展被严格限定在音乐领域和影视领域，而伴随资金的匮乏、资本的

---

[1] 在《解忧杂货店：日本逝去的时代，有什么不一样？》一文中描述的20世纪80年代都市繁荣的情景在90年代以后也遭遇逆转，人们减少购物支出，酒吧、迪厅等娱乐场所纷纷倒闭或转型，显示出文化娱乐产业的日渐萧条。

退去，影视行业的大量作品和音乐领域的许多节目都被勒令停止摄制或暂停制作，而此时往综艺方向发展便显得尤为重要。20世纪90年代中叶，以新生代男团SMAP为代表，偶像艺人纷纷出演综艺栏目（偶像艺人出演综艺节目今日看来极为普遍，但在当时却是一大创举）。为了拓展生存空间，他们扮演起了过去搞笑艺人的角色，出演了许多今日看来难以想象的高风险综艺节目（1993年新春才艺大会上SMAP进行空手道、双节棍、劈砖等才艺表演，团员森且行在演出高风险节目时腿部骨折）。也正是凭借这种初生牛犊不怕虎的闯劲，SMAP勇于超越以往偶像概念的束缚，他们涉足影视、音乐、综艺、主持、舞台剧等各个艺能领域，闯出属于自己的一片天地。1996年，由该组合名称命名的综艺节目《SMAP × SMAP》在富士电视台播出，常年保持收视冠军。

经济的低迷不仅令偶像艺人的演出活动发生重大改变，同时也对偶像的职业生涯产生了影响，而这一点与日本职场在泡沫经济前后的剧烈变化相得益彰。过去，日本的雇佣制度是终身雇佣制，而伴随经济规模的日益萎缩，这种制度难以为继，非正式雇佣成为主流。这一不稳定的雇佣制度体现在偶像领域，便是以女团 AKB48 为代表。过去偶像艺人或团体往往与某一经纪公司签约，以此来进行音乐、影视、综艺、广告演出，而 AKB48 的运营模式则是在最大化降低成本的基础上，扩大成员间的竞争——不同的成员签约不同的经纪公司，通过总选举这种粉丝投票模式，展开激烈竞争，进一步扩大艺能实力和社会影响力。

激烈的竞争不仅存在于偶像之间和偶像组合内部，也普遍存在于日本社会之中。评论家宇野长宽在其著作《00 年代的想象力》一书中写道，20 世纪 90 年代是一个自我封闭的时代，御宅族（Otaku）在该期间成为社会风尚，而 00 年代（即 21 世纪第一个十年）则是一个弱肉强食的决断时代。在这一时期，竞争日益白热化，"格差社会""下流社会"已然形成，社会中的胜、负组也已决出。泡沫经济时的国民自信不复存在，民众的精神生活发生了巨大改变，"草食性格"日益取代"动物精神"成为社会主流，大众纷纷退回到自己"缩微物语"的观念世界之中。对于不善社交的御宅族来说，日常生活的闭塞、职场工作的不顺、互联网络的兴起让其在"家里蹲"。尽管试图再次融入社会以作出"决断"，但由于社会经济的低迷，机会的减少，阶层的固化，他们中的许多人不得不终身成为"蛰居族"，并将目光投向虚拟的二次元领域。泡沫经济后这一悲观、压抑的社会现实，被20世纪80年代偶像女团"小猫俱乐部"的制作人秋元康敏锐地发现，由此成立了女团AKB48。

AKB48将二次元的视听感官转化为三次元的现实存在。二次元开始三次元化的物理空间是秋叶原（Akihabara），而其精神寄托便是AKB48这样的"萌妹"组合。AKB48满足了御宅族的所有幻想——对"萌"的定义，对萝莉的向往，甚至是不会拒绝自己的女性的存在。AKB模式引入了握手会这一粉丝互动模式，令御宅粉丝们可以与自己向往的偶像近距离接触。

不仅是女子偶像这样，男子偶像也利用一些暧昧的手段吸引粉丝的注意，这种异性之间的接触含有一定程度的性暗示，也因此，在"御宅族"盛行的日本，大量粉丝沉浸于这种"准社会交往/准社会关系"（Para–Social Interaction/Para–Social Relationship）之中——粉丝或多或少都会对偶像产生"准社会交往"的幻想，这是一种单向度的交往形式——偶像作为"大众情人"让渡出自己的部分隐私，以满足粉丝追求的欲望。尽管这种"交往"多半是粉丝臆想出来的结果，然而在现代文化工业体系下，为取得最大化的资本收益，（经纪公司唆使下）偶像的回应已经越来越暧昧不清，而握手会、见面会这种形式则不仅能让御宅族粉丝亲眼见到自己向往的明星，同时身体上的接触也会加强其"准社会交往"这种"恋爱"关系，令现实中各方面受挫的心灵得到"抚慰"，甚至使部分粉丝产生宗教般的狂热膜拜，并作出许多疯狂出格的追求举动。

除了握手会这种见面形式以外，为了实现与粉丝的当面互动，小剧场模式也被引入。实体的演出场所、低廉的票价设置拉近了偶像与观众之间的距离，同时也令其核心迷友群体显现出来。田中秀臣在《AKB48的格子裙经济学》一书中写道，日本常年的通缩经济形成了通缩文化。在这一文化背景下，对于普通民众来说，住房、汽车等耐用消费品的购买日益减少，而满足精神需求的"心智消费"日渐成为主流。优衣库、Zara等低价服饰品牌的畅销在某种程度上与AKB48的成功形成对应，它（她）们的主流消费者和粉丝群体都是普罗大众、御宅族和学生，而不是非富即贵的精英阶层。与此映衬的是，这些普通人的成长过程正是日本"失去的二十年"的发展历程。

对于日本社会历经"失去的岁月"的男性和女性而言，AKB48等女团的出现既有"治愈"的一面，也有"激励"的一面。对于成长于泡沫年代的日本男性而言，通缩经济不仅造就了"通缩文化"，同时也带来了"求职冰河期"的困境，这段时期不仅造成了前文所述的正式雇佣和非正式雇佣之间的分化，同时也令就职活动变得极其艰难。职场的难以进入令社交活动无法开展，也让这一代人的恋爱、婚姻、事业成为难题，从而造成了大量的不婚人群。许多泡沫年代成长的男性已进入中年阶段，仍然单身未婚，在某种程度上这是造成日本少子老龄化的原因之一。而AKB48这些青春女团的出现，又再次引发这群已过不惑之年的中年男子的青春回忆，甜美的笑容（尽管并非出于本意，而是鉴于商业目的）"治愈"了他们（或者说满足了男性的欲望），令他们怀念起高中时期初恋的初心懵懂，亦或是单纯爱恋时的美好甜蜜。

对于成长于20世纪90年代到21世纪初的日本女性而言，与同年龄层的男性一样，她们也遭遇了经济衰退，以及更为严重的失业危机——1997年山一证券和北海道拓殖银行的破产，令日本经济陷入系统性风险，金融危机一触即发。而这一时期有SPEED、早安少女组等女性偶像成军，她们的成功不仅引领了流行时尚的潮流，同时也令身处失业中的年轻女性获得了极大激励；而成立于2005年的AKB48在逐渐成为国民天团的过程中，也经历了2008年雷曼兄弟破产的金融危机，其成长道路也是为数不多的日本女性的高光时刻，成为女性力量的象征。

与之前的偶像不同的是，20世纪90年代之后的偶像演绎的作品也不再局限于卿卿我我的青春爱恋主题，其创作更多地涉及社会议题和现实困境，因而能引发更大的社会共鸣。例如，2003年，SMAP的单曲《世界上唯一的花》在日本取得了巨大成功，被誉为日本"第二国歌"。其歌词主旨直指白热化竞争的"内卷（化）"社会，不仅唱出了日本国民的心声，同时也使SMAP晋升为国民天团，并令拥有类似社会文化背景的东亚邻国——中国、韩国的年轻一代感同身受。

成为国民团体的SMAP也让人们加深了对偶像组合的认知——他们不是引领流行时尚、快餐文化的风向标，而是鼓励国民坚强生存的"陪伴者""同道人"。偶像不是高高在上的社会精英，他们的存在是为了让忙碌于日常生活的个体得到片刻的歇息、让人们保有继续生活下去的信念勇气。SMAP成员香取慎吾曾经表示："有一群因为认识我们（指SMAP）而保有笑容的人们（歌迷），他们很多身处困境，但遇到SMAP时即使再艰难，也会有片刻笑容的展露，我们或许就是为那一瞬间的笑容而存在吧！"[1]

尽管偶像的存在令这个世界丰富多彩了许多，但不可否认的是，现实中的所有困境不可能因其存在而忽然消失。世纪之交的日本曾经有一段反思现代性的风潮，这种"世纪末"的观念体现在对东京地下铁沙林毒气事件［1995年发生的天灾人祸：1月的阪神淡路大地震和3月的东京地下铁沙林事件令日本陷入了现代性反思。阪神淡路大地震令战后经济、科技发展的物质神话成为泡影，而东京地下铁沙林毒气事件则对工具理性和"内卷（化）"竞争社会做了血腥般的回应，展现了日本人现代性社会中精神的虚无］的反省、对末日反乌托邦社会的幻想、对现代文明人性沦丧的内省和赛博格时代的恐惧，以及对人类被科技和资本

1　［日］NHK. professional 工作的流派 SMAP 2011 プロフェッショナル 仕事の流儀 smap [EB/OL]. 2011 - 10 - 10.

异化的担忧。然而如今的日本国民显然已不再拥有同样的价值信念和反省精神，纷纷沉浸在布热津斯基所说的"奶头乐"的娱乐氛围之中，"娱乐至死"俨然成为当下日本国民远离政治、逃避现实的方式。AKB48畅销单曲《恋爱的幸运曲奇》（恋するフォーチュンクッキー）MV的开场尽管描述了这样一个现实中的日本——"（大众）既没有金钱，也没有工作，事事不如意。"然而整首歌曲所表达的都是沉浸于男性虚拟幻想中的臆想。

除此之外，"治愈"系观念的盛行也不仅意味着左翼抗争运动的不复存在［值得注意的是，AKB48制作人秋元康年轻时正是左翼青年，如今则靠"治愈"满足"御宅族"男性受伤心灵（虚幻欲望）而赚得盆满钵满］，更反映出在右翼保守政治、萧条经济现状的影响下，人们在极大的社会压力之中，焦虑、压抑、孤独、"原子化"地寻求慰藉的被动生存体验。偶像握手文化的出现，展现了现代社会所蕴含的短暂与脆弱。与偶像的身体接触只是一刹那，其是现代性的表征，即一切都是那么不确定、短暂和随机，没有永恒只有片刻。握手的偶像本身就是恋爱禁止的个体，这种看似对于所有粉丝平等的制度，反而是促使粉丝无法生活在更加虚无的现实社会之中。此外，AKB48这种"萌妹"组合的兴起也令原先被视为非法的雇佣童工、恋爱幼女、"援助交际"体验被正当化、大众化、普及化和商业化，其实质反映的是日本社会集体潜意识中男权观念的盛行，对美少女的崇拜作为一种信仰深植日本男性心中。而无处不在的消费文化、无孔不入的消费主义也令对偶像的崇拜变成商业利益的支持，是一种"人身化的商品拜物教"，这体现在专辑、演唱会门票、写真集的销售，握手会、见面会、总选举等各种偶像活动之中。

今日世界及亚洲风靡的"爱豆"明星，已不再是日本偶像艺人，K-Pop取代J-Pop，成为时尚潮流的引领者。在韩国偶像开拓的早期，其娱乐产业大量借鉴日本的做法，同时也与时俱进，利用今天流行的社交媒体平台、流媒体平台疯狂进行宣传，在全球大肆扩张。时下世界经济的低迷（新冠大流行造成的经济衰退及其引发的后续经济动荡）造就了"韩流"文娱产业的勃兴（口红效应），而全球经济的长期衰退也与日本常年萧条的经济环境日趋相似。因此，深入思考日本偶像制度的演变、分析它存在的社会背景及发展趋势，或许会对我们更好地观察当下文化事业、文化产业，进而去感悟现实世界，提供一个恰当的窗口和渠道。

（本篇文章于 2020 年 12 月 14 日首发于电影评论媒体"深焦 DeepFocus"微信公众号）

✤ 十年积弊下，奥运救不起的日本

2021年7月23日，由于新冠疫情（Covid–19）而延期一年的东京奥运会终于拉开帷幕，时隔四年的奥林匹克运动会在第5个年头举办，这是有史以来的第一次。对于人们来说，东京奥运会前的二十年注定不太平（互联网泡沫的崩裂、"9·11"恐袭事件的发生、反恐战争的进行、金融危机的爆发）。对本届奥运会主办国日本而言，刚刚过去的十余年内政治、经济、社会、文化各方面都发生了巨大的变化。同许多国家一样，它也面临着严重的时代危机，日本社会在"失去的二十年"之后，又进入一段陷入泥沼的时期。下面让我们从 2008 年金融危机后开始回顾，来考察过去十余年间日本社会发生的深刻变迁。

一、政治局势的动荡、经济形势的起伏和文化市场的反应

2008 年末，全世界在金融危机的冲击中震荡下行——雷曼兄弟（Lehman Brothers）破产导致全球经济断崖式下跌。对于日本来说，其核心产业出口行业备受打击，大量员工被迫下岗。严重的失业问题一方面是经济衰退所造成的社会危机在现实中的反映，同时亦是前任政府施政时推行结构改革导致的结果。21 世纪初，由于经济长时间低迷，日本企业迫切希望劳动力分配市场化，以降低人力成本。在结构改革的呼声中，产业界大量雇佣非正式员工，以满足削减成本的需要。对于他们来说，这一做法减轻了企业的负担。但对广大非正式雇佣的劳动者而言，他们失去了与正式员工一样的薪酬、福利待遇。而伴随泡沫经济的崩裂，终身雇佣制难以为继，非正式员工也不能按照年功序列的原则实现职位晋升，因此他们的生存环境极其艰难，生活状况也极不稳定。

金融危机期间，这种劳动力市场二元"区隔"所带来的雇佣问题，由于经济形势的恶化，造成了严重的失业现象，反映在现实中便是 2008～2009 年"过年派遣村"的建立——依托相关活动人士的帮助，东京日比谷公园彼时建造了一个能容纳 500 人的帐篷村，用以收容因经济危机失业的非正式员工。

边缘人群不断增多引发的社会问题，呈现在文艺作品中，便是由是枝裕和执导、荣获戛纳金棕榈大奖的《小偷家族》（万引き家族）。这部影片展现了素昧平生的社会贫困阶层相依为命、在生存线边缘宿命挣扎的悲惨境地。电影对日本社会当下的雇佣状况、福利制度遭遇的危机，以及贫困人口的真实现状、人与人之间日渐疏离的社会环境展开审视，继而对传统家族伦理与当代法律制度之间的尖锐矛盾提出质疑和反思，极具人文关怀和批判精神。

失业人口增多、边缘群体扩大、劳动力市场的危机最终传导到政治高层，进而促使政府的更迭。从全球范围来看，金融危机后世界各国政局都呈现震荡状态——中东多国爆发了"阿拉伯之春"，造成既有政权陆续被颠覆。美国此时也选举出一位誓言改变、弥合分歧的非洲裔美国人总统。与之对应，日本政局也出现了自20世纪90年代"55年体制"终结以来，最大的一次政治变革。与保守理念的自民党相对的民主党（民主党的政治光谱偏向于进步观念）在大选中大获全胜，开始执掌日本政坛。

民主党的执政理念宏大多元而又理想主义，其希望深刻改变日本社会的方方面面，他们誓言改革官僚政治、倡导多元文化主义、呼吁社会性别平等。然而，在实际施政中，民主党提出的大部分口号都未能成为现实政策落地。在其最为核心的经济决策方面，民主党的施政理念显得畏手畏脚，趋于"保守"。

这一时期，民主党在"与既得利益作战"的口号下，继续开展新自由主义结构改革。这些作法在20世纪末互联网泡沫时期颇为奏效，却不再适用于21世纪第一个十年末的金融危机环境中。由于金融危机放大了许多社会问题，尤其是"格差社会""下流社会"背景下，工人、年轻人中贫困阶层持续扩大、中产阶层逐步下沉等社会难题。使用市场化路线不能在短期内解决这些问题，反而有可能激化贫富差距的矛盾。

经济改革的步履不前，伴随2011年3月11日，日本东北部太平洋海域发生里氏 9.0 级大地震，成为压垮民主党执政的"最后一根稻草"。由于救灾不力，民主党政府最终下台，自民党重新登上政治舞台的中央，随即展开量化加质化宽松（QQE）式的大规模经济改革，宽松的货币政策让短时间内大量资本涌入市场，日本股市大有起色。虽然民众的工资并未显著增长，企业却因为流动性的增加造成的市场变化而扩大盈利，出口行业也得益于汇率贬值，重振雄风。

然而，真实的社会生存场景与自民党营造的虚幻泡沫景象形成鲜明对比。2013 年，著名歌手中岛美嘉演唱的《曾经我也想过一了百了》（僕が死のうと思ったのは）获得广泛的社会共鸣，将黑暗、压抑、逼仄、孤独的人生旅程，通过直抵心灵深处的旋律、歌词（这首歌曲中"物哀"般的词作散发出日本古典文学作品独特的艺术品格，同时又对现代人冷漠疏离关系的深刻映射）呈现在听者面前。那种在悲观深处寄托的一丝希望，或许就是在绝望的深渊中对现实最真切的感受。每颗受伤的心灵，都试图触碰彼此的灵魂。这种真诚的寄托，恰是当代人艰难生存的渴望。

与此同时，压抑的社会现实，也使得一部分日本大众开始接受保守主义的观念，这一理念通过影视娱乐文化，影响着人们尤其是年轻人的人生观、世界观、价值观。2013年底，由山崎贵执导的电影《永远的0》（永遠の0）在日本上映后取得票房成功。影片虽未真正反思侵略历史，却掀起一股观影热潮。与此同时，这部电影也受到保守主义者的欢迎，许多日本年轻人也被影片的情节打动。

二、过去十余年来日本青年遇到的困境与价值观发生的变化

作为一股社会有机力量，青年正形塑着一个国家的未来。日本少子老龄化现象的严重，正将沉重的社会负担过早地压在年青一代的身上，令他们不得不过着低欲望的生活，不仅不结婚、不生子，而且不社交、不消费。在日常生活趋于保守的情况下，日本青年人的政治观念也开始右倾，表明保守政客在意识形态方面的操控已慢慢有所成效。2017年，针对东京大学新生的调查表明，他们对于自民党的支持率高达36%，创下30年来的最高值。而在20多岁的青年人调查中，也有类似的支持率出现。[1]

日本年轻人政治观念的变化，是由于结构改革强调使

---

1 [日]吉见俊哉. 平成史讲义[M]. 上海：东方出版中心，2021：207-214.

用企业管理的方式治理国家和社会,量化指标与评价机制因此无处不在,也让社会决出"胜组"和"负组"。伴随社会保障的减少及雇佣状况的恶化,大量青年不仅位于"负组",而且他们之间的竞争还在加剧,同时要自行承担失败的后果,也因此对社会渐渐产生不满。这一时期,随着互联网进入千家万户,许多青年慢慢"御宅"家中、"蛰居"网上,在物理空间上他们互不相连,日益"原子化""孤岛化";而在虚拟世界中他们则位于不同圈层,逐步"社群化""部落化"。由于大部分年轻人看不到希望和未来,而且在现实中孤立无援、焦虑不安,故迫切渴望获得保护、产生归属,也因此,他们在虚拟空间中转向民族主义,在共同叙事中获得了某种程度的归属感和依托。

过去10年,反映日本青年生存状况的影视剧作品,诸如《逃避虽可耻但有用》(逃げるは恥だが役に立つ)、《无法成为野兽的我们》(獣になれない私たち)、《宽松世代又如何》(ゆとりですがなにか)等剧集,不仅引发日本年轻人的广泛共鸣,也令中韩两国的新世代人群感同身受。面对低迷的经济,高企的房价,激烈的竞争,看不到未来和希望的青年一代纷纷选择"躺平",开始"佛系"人生和

"御宅"生活。受到经济、劳动力市场结构性矛盾的冲击，以及职场、生活、婚恋中创伤性事件的影响，年青一代逐步"草食化"——"低欲望"的生活观、"断舍离"的人生观、"不成家"的婚姻观、"无子化"的生育观、"田园化"的环境观在他们心中渐渐形成。这种后现代社会的人生观念，是一种消极对抗资本主义制度的体现——不管是对消费社会的反抗，还是对婚姻制度的反叛，亦或是对传宗接代的反感，青年人的思想和行为都是对前现代、现代性社会价值观、世界观、人生观的反思和反省。它们映衬出经济低迷、社会巨变下，不同代际日趋扩大的观念鸿沟及社会各阶层剧烈分化的真实显现。

性别议题方面，日本社会对于青年男性、女性的看法也发生了改变。2008年开始，"草食系男子"这一称谓突然蹿红，用来指代那些具有女性化倾向的男孩子。美国也曾出现过类似问题，作家汉纳·罗辛称之为"男性的终结"。日本社会对于"草食"男性的看法，基本上以负面评价为主，认为他们无法像年长的前辈那样，坚毅、果敢、刻苦、无私。主流观点认为这些青年男性成长于"宽松教育"时期，并未经历过"考试地狱"的折磨，亦没有接受过现实社会残酷的磨砺，因此软弱不堪、懦弱无比。

虽然确实有以上一些因素造成年轻男性"草食"成性，然而我们也不能忽视这代人成长的背景与父辈"团块世代"（"团块世代"意为年轻时成长于经济高速增长时期）的经历已大为不同——对成长于泡沫崩裂时期的年轻男性来说，他们的就业机会跟父辈比起来，已大大减少，同时稳定性也降低很多。与年轻男性相比，年轻女性面临的社会环境则更为恶劣不堪。由于男权社会观念流行，女性的职场、家庭生活往往处于难以平衡的状态。在经济高速增长期，日本的办公室女性（OL）多从事倒水、端茶等辅助性工作，许多职场女性期待将来嫁给在企业中工作的男性后，能够回归家庭，相夫教子。然而泡沫经济崩裂后，经济的低迷使大量男性的工作无法得到保障，女性成为家庭主妇的想法也已不再现实，她们在回归职场的同时，还要照顾老人、看护孩子。与此同时，为了缩减企业成本，女性员工尤其是大量年轻女性员工都作为派遣职工进入职场，这也使她们面临随时被企业"扫地出门"的危机。而家庭经济环境的恶化，婚姻关系的不稳定，也让她们时刻面临家暴侵害，极有可能成为单亲母亲。

尽管政府提出了改善女性职场环境的口号，然而在现实中该做法却收效甚微。不仅如此，BBC（英国广播公司）拍摄的纪录片《日本之耻》（Japan's Secret Shame）让一则性侵事件成为日本乃至全世界关注的焦点，女性权利保障问题再次受到公众关注。伴随着受害者伊藤诗织的胜诉，她成功使日本百年未变的强奸法得以修正。

伊藤诗织写了《黑箱》（Black Box）一书，将这一事件予以记录，并试图进一步引起社会公共讨论。与此同时，日本女性主义学术先锋、知名学者——上野千鹤子对日本社会性别关系的剖析，不仅掀起日本国内女性主义运动的高潮，同时也给中国大城市的青年女性（主要是大学生、职场人士）带来极大影响——对"男性凝视"的反思、对"他者化女性"的思考，对"男权""父权"社会，"爹味""物化女性"的反省，都成为社会公共空间中的焦点议题，这些话题通过不断影响民众的社会心理、产生公共讨论，持续促进社会的发展进步。

2020年，伴随新冠疫情的全球暴发，全世界陷入比2008年更为严重的经济衰退及史无前例的公共卫生危机之中。这一年，日本的文化领域也有重要事件发生，日本电影史上的现象级电影——《鬼灭之刃 剧场版 无限列车篇》（鬼滅の刃 無限列車編）上映，该部漫改作品票房超过宫崎骏的《千与千寻》（千と千尋の神隠し），位列日本影史票房第一。虽是动画创作，然而这部影片却反映了日本年轻人当下所面临的困境，展现了青年一代的迷茫、创伤、困惑、孤独，彼此之间的相互支持，以及新老更替、不同代际传承延续的时代呐喊。

值得注意的是，《鬼灭之刃 剧场版 无限列车篇》讲述的故事发生在大正时期，回顾历史，大正时代与昭和早期是一段历经大流行病疫情（1918年西班牙大流感）肆虐、关东大地震侵袭（1923年），不断探索"大正民主"以及金融危机（发生在昭和早期，1929～1933年大萧条）冲击的历史阶段（大正时代的结束导致了昭和时期日本法西斯军国主义的扩张，这点值得人们深刻思考），而平成时代和令和初期也经历了不少天灾人祸［1995年的阪神—淡路大地震，东京地下铁沙林毒气事件；2008年世界金融危机（雷曼冲击）冲击；2011年东日本大地震，福岛核电站核事故；2020年（虽然是令和年代，但却在平成年代结束不久）的新冠疫情］，同时也是探寻民主政治的历史时期（1993年细川护熙内阁成立，打破战后自民党一统天下的"55年体制"；2009年民主党上台执政，真正实现两党轮替执政）。《鬼灭之刃 剧场版 无限列车篇》的上映时间虽是在令和年代，但其表达的主旨内容却不禁让人对大正—昭和时代的过渡，以及平成—令和时期的转换有所比较和思考，而其中透露的政治路线选择、经济模式选取、社会制度变化、文化理念变动、思想环境收紧、精神观念变迁也引人深思。

日本过去十多年发生的问题，在世界范围内都有普遍意义。不管是政治上保守派的上台执政，还是经济改革中的停滞不前、青年人面临的生存困境，这些世界性的难题都具有警世意义。新冠疫情下，年轻人、老年人、中产阶层、贫困阶层、女性群体都受到不同程度的严重冲击，如再不携起手来对当前的发展模式、体系制度、竞争观念进行反思和改革，全球必将面临更为严峻的社会危机。

2021年，延期一年的东京奥运会开幕，该届奥运会的理念在"更高、更快、更强"的基础上，加上了"更团结"作为新的奥运会格言。或许我们需要团结在"奥林匹克"的旗帜下，凝视历史、思考当下、面向未来。在如此困难的关头,不同世代代际、政治派别、经济理念、社会制度、文化习俗、阶层区隔的人们更需要彼此理解与相互支持,只有这样,通向前方的道路才可能是光明的征途。

(本篇文章于 2021 年 8 月 21 日首发于电影评论媒体"深焦 DeepFocus"微信公众号)

其他文化随笔

❖ 内卷、加速、乡愁与现代性

2020年社会学术语"内卷"成为互联网流行热词，见诸于网络媒体、新闻报道、文化评论等各种媒介平台之上。尽管多少有些脱离其概念原意，"内卷"含义的社会性解读在很大程度上反映出群体情绪的焦虑，隐喻着我们这个时代分裂的精神症候。

"内卷（化）"这个学术词汇来源于格尔茨的研究专著《农业的内卷化》一书，起初是要回答地区经济模式为何没有"进化"这一问题，然而今天我们的大众传媒、社交媒体却将这个概念引申出去，作为白热化竞争与阶层固化的转喻，呈现在普罗大众面前。

"内卷（化）"的竞争氛围发端于对效率至上的经济活动的追求——在过去四十多年的发展历程中，世界各国普遍以充分的市场竞争（新自由主义经济学的重要理念之一）为核心推动经济改革。经济模式的转变伴随科学技术的进步，令市场效率大幅提升的同时，也引发了严重的社会问题——诸如不断扩大的不平等与贫富差距、阶层固化。而这其中，对于社会大多数群体（中产阶层和下层群体）而言，激烈的竞争预示着少数成功者的胜出和大多数平庸者、失意者的出现。

对多数人而言，"内卷（化）"的竞争令其身心疲惫、精神倦怠。而日常的无奈、人间的冷漠、环境的闭塞也令他们"原子化"地生存在社会当中。由于未能赶上经济高速增长的红利期，在社会资源稀缺的情况下，阶层流动不断放缓，人们基于理性的认知与考量，为了社会地位、财富名望而不断争斗，彼此之间缺乏最基本的信任、联系、合作与沟通，"熟悉的陌生人"往往就是我们日常生活、工作中的真实写照。

这种个体之间激烈的"内卷（化）"竞争从幼年时期便

已开始，且伴随年龄的增长、社会化的深入日趋激烈——人们不是越来越相互认同和理解，反而如社会汪洋中的孤岛一般，陷入各自为战的孤苦境地。尽管大家都希望得到他人的理解，渴望别人去触碰自己孤独的内心，然而在理性博弈的社会现实面前，情感上抚慰心灵的言语化作默默无声的独自忍耐，深藏于内心深处的伤痕之间。

"内卷（化）"的竞争意味着对高效的追求，它需要人们对资源进行合理配置，并在理性观念的指引下作出符合个体利益的决定和行动，而这会引发另一个社会现象的出现，即"加速"。"加速"这一概念由法兰克福学派的批判理论家哈特穆特·罗萨提出，其内涵分为三个部分，即"生产加速""运输加速""传播沟通加速"。

在互联网科技赋能的当下，以上各个领域都已大大"加速"。新的科学技术［自动化、A. I. 人工智能、机器人（生产加速）］、新型交通工具［高速铁路网、航空运输网（运输加速）］，新式沟通手段［资讯信息的高速传播、网络社会"迭代"周期的缩短（传播沟通加速）］的实施和应用令经济效率不断提升、市场规模持续扩大，生活节奏逐步加快，它在给大众带来便利的同时，也让人们产生了新的焦虑和不安。其中首当其冲便是无限延长的工作时间，个体劳动被进一步"异化"和"碎片化"。在资本逻辑追求高效的理性原则的指导下，工时的延长正变得合情合理。正如学者乔纳森·克拉里在其专著《24/7 晚期资本主义与睡眠的终结》（*Late Capitalism and the Ends of Sleep*）一书中所言，信息技术的发展与媒介资讯的更新深度侵入了私人领域（通过手机等移动通信工具、电子设备，即时通信 App 软件，可以 24 小时不间断工作；而网络社会"迭代周期"的缩短，会令单位时间的工作量不断增加，压力随之陡增；与此同时，移动互联网时代生活和工作逐步碎片化，整体的工作图景难以形成，在资本逻辑主导的科技系统之中，每个个体都受困于其中，像齿轮一般不停地机械运转，永无停歇之日），令个体无处不在、无时无刻处于工作、生产和消费之中。

从上面的分析中不难发现，"内卷"和"加速"给人们带来了更大的生活压力，也让身处其间的个体深感压抑和紧张。其实，"内卷（化）"的竞争和"加速"式的状态是理性运转的社会的一体两面，它们源于个体权衡利弊后的理性判断。一方面，个人从有限的社会资源出发，依据理性的考量，做出符合个体权益的最优选择。社会中每个人都这样做必然会出现利益纷争，而这种竞争最终会形成超越个体的群体意识、行为，它不管个人初衷、动机、目的、意愿如何，令所有参与者都主动或被动地卷入到这场激烈的"内卷（化）"竞争之中；另一方面，个体理性条件下所作出的最优判断会引发对高效行为的追求，进而形成一种群体性力量，这种力量伴随科学理性的物质化存在——科技产品的使用，正大大推动社会加速运转，即"加速"状态的到来。

此外，考察"内卷（化）"竞争和"加速"式状态，会发觉它们集中体现在以城市为代表的现代、后现代文明之中。城市是一个商品和信息快速流动的空间，是一个由理性原则构筑起来的物理场域。其所展现的表象（如钢筋水泥状的建筑丛林，车水马龙式的交通运输，络绎不绝般的人头攒动）在令个体见识到繁华多元的文化的同时，也深感陌生疏离的现实存在。

也因此，浓郁的"乡愁"情节渐渐出现在了当代都市人的思绪和情感之中。2019年，李子柒的古风短视频引发了城市人强烈的"乡愁"情节。尽管视频里的乡村并不是现实中真实存在的村落，而是一种被消费文化浸染过的对理想乡村生活的向往，是一种世外桃源般、远离尘世的田园牧歌式生活的景观。然而，这并不会淡化人们的思乡之情。被"内卷"和"加速"折磨而痛苦的"理性"的现代都市人，正强烈渴望生活在这种原始单纯、情感互通的前现代社会之中。

这种历经"内卷（化）"竞争和"加速"状态后的"乡愁"情节也曾出现在历史上的其他先发国家之中。19世纪后半叶，德国实现了统一。在政治上完成民族国家建立的同时，日耳曼人也开始经济领域的工业革命。这一时期，产业的迅猛发展致使传统的社会结构开始瓦解。作为回应，德国社会的文化结构、精神氛围也发生了翻天覆地的变化。

这种变化发生在传统的前现代社会向现代性社会转变的过程之中，传统社会中人们从属于具体的生活空间，有着直观的人际关系和明显的等级秩序，人们依靠这些显而易见的联系建立了相互认同。然而，工业文明取代农业文明之后，城市文化也代替了乡村生活。这时，人们处于快速流动的社会时空之中，他们成为了无根的个体，化身为都市中漂泊、孤立的陌生人，而其所有的社会关系也因此变得短暂而疏离，这种压抑虚无的现代性意识让此时的德国人怀念起前现代社会的共同体生活。

19世纪德国著名社会学家滕尼斯在其著作《共同体与社会》(*Gemeinschaft und Gesellschaft: Grundbegriffe der reinen Soziologie*)一书中对共同体和社会进行了划分——共同体是一种以情感为核心,由血缘、亲缘结成的,相互关照的群聚模式,而社会则是一种以目标、利益为中心,由陌生人组成的,相互疏离的群集模式。[1] 共同体(前现代社会特征,乡村性)中的大众强调彼此之间的合作,而社会(现代性社会特恒,城市化)中的人们则重视相互间的竞争。在滕尼斯的分析中,我们已能看出"内卷(化)"的竞争已存在于现代性早期的德意志都市之中。

同一时期,工业革命的迅猛发展令科学技术不断进步,而电力技术的应用正促使生产效率不断提升,物质生产正以几何级数的方式实现增长,"加速"时代已然到来。19世纪后半叶德国工业城市"内卷(化)"的竞争和"加速"式的生产生活节奏,伴随着以理性为标志的现代性时期的来临,正式书写着近代德国历史中崭新的一页。

---

[1] 凤笑天. 社会学导论(第二版)[M]. 武汉:华中科技大学出版社, 2008: 34.

而在此之前，德意志民族的"乡愁"便已伴随时代的发展而日渐浓烈。早在19世纪初期，德国浪漫派早已把目光投向远古的中世纪，浓郁的"乡愁"图景浮现在人们眼前，田园牧歌式的风光、淳朴善良的美德、和谐有序的自然环境及亲密无间的人际关系。前现代单纯美好的生活景象令德国人流连忘返。而在19世纪末20世纪初，"候鸟运动"在青年人中开展开来，广大孤立无援、"原子化"的城市年轻人也加入怀旧群体中，追忆起往昔美好的旧日时光，怀念起温润故土的点点滴滴。

类似的情况也出现在20世纪90年代之后的日本，当时的东瀛列岛已完成工业化进程，业已进入后现代信息社会。伴随着泡沫经济崩裂后低迷的经济状况，"格差社会"正逐渐形成，而以东京为代表的都市圈激烈竞争的存在，令"内卷（化）"的社会不断成型；90年代之后信息时代的到来，以及职场"过劳精神"的持续盛行，则令"加速"式的发展态势愈演愈烈。城市环境中人际关系的冷漠，令人们怀念起战后初期朝气蓬勃、与人为善的社会面貌。那种积极乐观、奋发进取的时代精神令当下身处"下流社会"的御宅族们不禁唏嘘美好岁月的不再到来。而以2005年日影《永远的三丁目的夕阳》（ALWAYS 三丁目の夕日）为代表，一种怀旧的"乡愁"情节令人们想起那不曾远去的过去，期盼一种冷暖自知、抚慰灵魂、温润心灵的旧日时光的再次到来。

过去几十年间中国经历了从农业社会向现代性工业社会乃至后现代信息社会的转变，完成了先发国家几百年来的发展历程。在这一变革进程中，社会的剧变和转型、科技的进步和发展造成人们精神、观念、情感世界发生了极大的变化。城市空间中无处不在的"内卷（化）"竞争，生产生活节奏的日益"加速"，令"慢下来"的生活美学成为每日奔波于生计的中产阶层的理想追求。"乡愁"情节是都市人对"异化"的现代性社会传统保守式的回应，朴素真挚的故土情愫引发着人们的感慨，温润着他们焦虑、冷漠、疏离的内心。在冰冷的世界中，一首怀旧老歌、一幅自然美景、一段往昔的美好追忆，亦或是一个不经意间伸出的援手，都会让无根漂泊的孤独个体感到温暖，让他们在刹那间体悟到永恒的存在。

（本篇文章于2020年12月17日首发于电影评论媒体"深焦DeepFocus"微信公众号）

❖ 花样滑冰的艺术之美

花样滑冰集艺术美感和体育动感于一身，深受冰迷、体育迷、艺术爱好者的喜爱。赛场上的花滑选手，在展现矫健自如的运动技巧的同时，亦呈现美轮美奂的艺术之美——旋转的优雅、跳跃的自若、托举的自然、抛跳的完美，融合舞蹈的轻盈、音乐的空灵、造型的精巧、服饰的绚丽，令花样滑冰运动和艺术体操、花样游泳一样，在表现更高、更快、更强的体育精神的同时，也蕴含着文化、审美、创造的艺术价值。

冰面上，花滑选手仿佛表演艺术家那般，演绎着一幕幕歌剧、舞剧、音乐剧中的经典场景。他（她）们运用演出技巧、形体动作、造型语言，在呈现世间万象的同时，也诠释着人生百态——冰上的舞者犹如繁华看尽的伶人，在庭台楼月间表达着自己无尽的哀思；又如同琼楼玉宇中的艺妓那般，用物哀之美表现出内心无限的孤寂落寞；他（她）们亦如19世纪浪漫主义的艺术家那样，在肖邦音乐唯美优雅的旋律之中翩翩起舞；亦或在拉赫马尼诺夫那忧郁伤感的音符之间，演绎出惆怅至深的思念之情。他（她）们宛若古希腊雕像那般，有着健硕挺拔、亭亭玉立的身姿造型，在展现出和谐自然的古典之美的同时，又演绎着尘世间跨越时空的悲欢离合。在他（她）们的诠释下，我们仿佛感受到了安娜·卡列尼娜的命运悲剧、蝴蝶夫人的别离伤感、罗密欧与朱丽叶的爱情挽歌。

除了表现这些艺术主题之外，花样滑冰也展现着不尽相同的美学理念，而这些审美观念则孕育自多姿多彩的文化背景。例如，陈露演绎的《梁祝》，将传统戏曲元素与古典舞蹈技巧相结合，传递出东方特有的审美趣味。她本人在该套节目中，仿佛化蝶一般轻盈地在冰面上翩跹而舞，其身着的优雅服饰与无暇的冰面舞台相融合，仿佛水墨留白那般表现着简约自然的美学观念;羽生结弦化身《阴阳师》中的安倍晴明,其容貌雅致恬淡、身姿矫若游龙,他的演绎将平安时代的风雅闲淡呈现于观者面前,令众生体悟到独特的东方韵味,流连忘返于幻景意象的世界之中;卡罗丽娜·科斯特内尔(Carolina Kostner)诠释的《圣母颂》,将宗教音乐的和谐之美融进了演绎之中,其冰面上的造型仿佛文艺复兴时期的雕像那般富有美感,而充满艺术表现力的表演则令圣洁的意象化作不朽的永恒,传递出爱与希望的价值所在;浅田真央演绎的德彪西的《月光》,则将印象派的音乐与冰面上的表演相互融合,极富画面感的音乐点缀其间,营造出波光粼粼的月光之夜。而浅田的表演则带有诗性一般的优美,展现出朦胧月夜的美景和少女纤细的内心,自然的韵律和高贵的气质由此具象于冰面之上。

  花样滑冰不仅可以传达这些优雅恬静的古典美学理念,也能够展现丰富多元的现代审美元素。近二十年间,蕴含唱词的当代音乐作品被逐渐应用于花滑之中(先是1997~1998年赛季,冰舞的背景音乐中可以有唱词人声出现。2012年之后,国际滑冰联盟正式允许所有花滑选手使用有歌词的音乐参赛。2018年的平昌冬奥会则是第一次在冬奥会上使用人声演唱伴奏的音乐进行花样滑冰比赛），诸如爵士、乡村、电子、节奏布鲁斯、宝莱坞歌舞音乐等带有强烈民族色彩和节奏特点的乐曲，配合恰恰舞、爵士舞、印度歌舞等不同类型的舞蹈艺术形式，令花滑选手在展现各自独特技巧风格、速度力量的同时，亦将现代多元的文化符号呈现于观者面前。除此之外，当代社会的文化思潮，诸如LGBTQ、女性主义文化也令花滑选手们呈现出不同的跨性别特征，并逐渐形成自己独特的演绎风格——吉约姆·西泽龙（Guillaume Cizeron）的优雅柔美、约翰尼·威尔（Johnny G. Weir）的妖艳冷峻、拉克恩·奥斯特曼（Larkyn Austman）的中性自然。他（她）们在冰面上的演绎不仅传达出其内在心潮澎湃的情感世界，更展现了时代赋予的丰富多元的文化特色，以及与众不同的现代审美价值。

花样滑冰（以下简称"花滑"）为何能呈现如此多元的美学价值？这不仅与每位花滑选手的审美偏好、演绎形式紧密相关，更与其职业生涯的人生历程、感悟经历密切相连。我们知道，花滑选手的职业生涯极其短暂，犹如璀璨的流星那般划过天空，迅速消失于天际之间，淡出于视野之际。他（她）们英姿飒爽，成名于豆蔻年华，隐退在而立之年。在这短短的十余年间，她（他）们从翩翩起舞的追梦少年，成长为风华正茂的冰上佳人。然而，你看到的往往是花滑选手中极少数的成功者，我们在关注这些佼佼者的同时，也不应忘记那些始终陪衬在其左右的众多失意者。与多数花滑选手相伴的，往往并不是鲜花与掌声，荣誉和荣耀，而多半是伤病与不甘，压抑和焦虑。

即使是花滑明星，他（她）们中也有许多未曾在冬奥会的舞台上绽放光芒、荣膺桂冠，如关颖珊、浅田真央、安藤美姬、梅德韦杰娃、高桥大辅、庞清/佟健等。他（她）们中有的年少成名，有的大器晚成，体悟过人生低谷的时分、感受过花滑生涯的沉浮。追梦旅途中的困苦艰难，令复杂深刻、层次丰富的情感体验由心而发，继而化作冰面上的演绎诠释，传递到观众的心灵之中。

也因此，花样滑冰在一定程度上可看作是发自心灵的艺术创作。音乐、舞蹈、叙事中所蕴含的情感、思想、哲理不仅与花滑选手的演绎诠释密切相关，更与其内心的体会感悟融为一体。观者在观看他（她）们表演的过程中，通过外在的形体动作、造型语言体悟到其内心的情感世界、精神时空，灵魂上的契合让欣赏者产生了审美方面的感性体验，进而体悟到一种美学境界中、形而上意味的愉悦美感。

这种意犹未尽的极致审美体验令观者的感官世界和精神世界同时得到美的享受，是一种难以用言语表达的、超越物质层面的艺术美感。花滑融汇了音乐、舞蹈、造型等多维度的审美元素，各种艺术形式与内容的交相辉映，令时间和空间、动感与静谧、历史和未来凝结于此刻的冰面之上，呈现于花滑选手的演绎之中。

在花滑人的诠释下，你能体悟到他（她）们追梦道路上所经历的一切——孤独、恐惧、伤痛、挫折，亦或是喜悦、乐观、热情、骄傲。冰冷的冰面如同这冷漠的世界，在带给人们些许不安和绝望的同时，也令花滑选手的演绎如同光芒一样给予众生温暖和希望，他（她）们在冰面上编织出五颜六色的线条轨迹、演绎着人生中无数的悲喜瞬间。即使命运无情、险阻无数，即便有躯体伤疤和灵魂创伤的多重折磨，纵然铩羽而归，无法取得世俗意义上的成功（获得冠军、赢得金牌），从他（她）们的眼眸眉宇之间、身姿动作之中，你能感悟到那种尽管失利，却在失败中蕴含着的一种古典悲剧之美,一种对抗命运的英雄悲壮之美,这种美感让观者的情感得以净化、心灵得到升华。与此同时,你还能感受到他(她)们那种发自内心的渴望、意志和决心——一种对唯美意象的追寻、对完美境界的希冀、对身体极限的超越,乃至对灵魂世界的向往。

这种内心情感世界的投射不仅会映衬于花滑选手的演绎诠释之中,还表现在他(她)们身着的服饰设计理念之上——冰迷们会把喜爱的花滑选手身着的比赛服称为"考斯滕"(英文服装 Costume 的音译),而制作精良的"考斯滕"也可成为美学时尚的典范,引领着流行趋势乃至奢侈品的潮流趋向。例如,羽生结弦在演绎圣·桑的《天鹅》时,他将曲作中忧郁陶醉的气质通过造型美感表现了出来,在表演下腰鲍步时,其胸部低开领的"考斯滕"展现了他那优雅与力量共存的身躯线条,显露出其纤细敏感的内心世界。而此刻张开的双臂,搭配"考斯滕"芭蕾舞服饰式的设计,以及考究、精致的细节装饰一道,令羽生仿佛天鹅一般展翅于冰面之上。再如,王诗玥、柳鑫宇表演的国风题材作品《卧虎藏龙》的"考斯滕",显示出东方传统美学的特点,飘逸的丝绸织物随风飘动,展现出一种形散而神不散的内在气质，其与笛箫演奏的古乐相结合，呈现出一幅青山绿水、烟雨朦胧的意象画卷。两位冰舞表演者则像仙境隐士一般在这其间对酒当歌、写诗作赋，一种天人合一式的水墨图景映入观者的眼帘。

2022年召开的冬奥会，让花滑的魅力在北京的赛场上绽放光彩。花样滑冰作为竞技体育与审美艺术的完美结合，令群星璀璨的花滑舞台，在为观者呈现刹那间震撼的同时，也令他们感悟到永恒般的美感，这种不朽之美将伴随着我们的内心，永驻世间。

（本篇文章于2021年2月4日首发于电影评论媒体"深焦DeepFocus"微信公众号）

✤ 羽生结弦,唯美主义者的极限追求

羽生结弦,曾是花滑赛场上最炙手可热的选手之一,这位两届冬奥会冠军不仅技术表现出众,艺术诠释同样精彩。央视花滑评论员陈滢曾引用《洛神赋》中的诗句:"容颜如玉,身姿如松,翩若惊鸿,婉若游龙"[1] 来描绘他在冰上的英姿。

羽生结弦有着与生俱来的典雅俊美气质,他在冰面上惊鸿一瞥的回眸一笑,仿佛将时空凝结于此刻的瞬间——

---

1 [此刻是金] 羽生结弦夺得花样滑冰男单金牌 [EB/OL]. 央视网, 2018 – 02 – 17.

优雅与灵动、动感与静谧,他将花滑运动的唯美与力量相结合,展现出艺术创造和竞技体育相伴的奥林匹克精神。

羽生结弦与花样滑冰的结缘,源于幼时体弱的身躯,他患有哮喘,为了提升自己的身体素质,他开始练习花滑,也慢慢钟情于这项力量与美丽共存、残酷与唯美同在的体育项目。

2014年,19岁的羽生结弦首次登上冬奥舞台,他演绎的《巴黎散步道》,将艺术、时尚、浪漫之都的万千风情展现于观者面前,埃菲尔铁塔下情侣的深情相拥、凯旋门前车辆的川流不息、塞纳河左岸午后的假日时光,黄金时代的巴黎一角,呈现于印象派画作光影斑斓的画面之中,在他潇洒灵动的诠释下显得生机盎然。

2015年花滑大奖赛上,羽生结弦演绎的《肖邦第一叙事曲》,将钢琴诗人内心的浪漫情感具象于冰面之上。俊美少年在冰面上翩然起舞,仿佛水流那般直沁心扉、如同微风一样轻拂脸颊、恰似流光那样温暖人心。羽生结弦不仅在花样滑冰上有着过人的天赋异禀,更怀有一颗拼搏进取的强大内心,他不断超越身体、灵魂的极限,将花滑演绎得近乎完美。

2018年平昌冬奥会上，羽生结弦化身"阴阳师"，他的容貌雅致恬淡、身姿矫若游龙，将平安时代的风雅闲淡呈现于观者面前，令你我体悟到独特的东方韵味，流连忘返于幻境意象的世界之中。

2022年，羽生结弦再次踏上奥运舞台，27岁的他在短节目中选择的曲目是圣·桑的《引子与回旋随想曲》。在钢琴奏出的旋律中，映衬出一种宿命般的孤独感。这两年间，羽生结弦正经历着人生的低谷，尽管取得过无数的荣誉和荣耀、鲜花与掌声，然而伴随他内心的却是孤独一人面对伤病、痛苦、挫折的心路历程。看到过繁花似锦的初春、经历过碧水蓝天的盛夏、体悟过秋意盎然的深秋、感受过凄冷孤独的隆冬，四季的交替仿佛人生的旅途那般，倾诉着雄心和不甘、渴望与期冀。

北京冬奥的赛场上，羽生结弦已不再是当年的追风少年，面对新生代选手的强烈冲击，他仍坚守自我、超越极限，对抗着冥冥中即将到来的命运。体育是残酷的，没有人能永远处于运动的巅峰，然而从羽生结弦的诠释来看，我们仍然能感受到那无尽追求的渴望，一种对抗命运的古典悲壮之美。他仍在超越自我，期望抵达完美境界的希望彼岸。

在冬奥会决赛的自由滑中,羽生结弦尝试了前无古人的阿克塞尔四周跳,尽管未获成功,但却是对奥林匹克精神的践行诠释。花滑赛场上每一位成功者的背后,都有着常人难见的无尽付出。每一位冠军的身边,都有着无数失意者的追随陪伴。奥运精神不仅是胜利者的荣光荣耀,同时也是所有参与者实现自身价值的意义所在。正是每一位参与其中的个体让我们感受到这项运动的美好,不仅是竞技体育带来的更高、更快、更强、更团结的奥运精神,更是每一位参与者所传递出的坚定意志和坚强决心,它激励着我们不断超越自我、超越极限。

而这,或许就是花滑的魅力吧!

(本篇文章于2022年2月10日首发于文化文艺媒体"中国文艺网"微信公众号)

❖ 要和电影说再见了吗？

2022 年以来，国内电影市场持续低迷，票房增速显著下降。尽管有政策支持、行业扶持，电影消费却依然萎靡不振。面对就业市场的寒冬及消费信心的减弱，外加短视频、直播等新兴娱乐形式的线上冲击，以及飞盘、露营、骑行等新型青年社交文化的兴起。以上这些现实和趋势是否预示着我们不会再去电影院了，是否真的要和电影说再见了。

回首过往几年，由于新冠疫情的肆虐，全球经济遭受重创。与此同时，"乌卡时代"的来临，让一种对现实和未来不确定性的恐惧感、焦虑感，持续留存在人们的心中。

网络的存在让人们日常的消费需求和社交活动得到部分满足，然而这种满足却无法弥补曾经生活中的另一些事情，对人们生命体验所造成的影响。人是社会性的生物，如果现实中无法分享共通的情感体验，人们会感受到生活品质的下降，而这恐怕会和经济衰退一道，让每个人体悟到压抑不安的心境感受，情感支持的需求在这一时期尤为重要。

移动互联网社会组织结构的碎片化，令人们难以形成一种共通的情感状态。而现实的城市环境则把个体分隔在一个个钢筋水泥的物理空间中，他们彼此之间缺乏强烈的情感交流，即使出门在外，人群也往往低头关注自己的屏幕，化身"拇指一族"。日常生活中，人们凝滞的面容仿佛戴着能剧面具的日本工薪族那般，极速穿梭于市中心高楼林立的商业区中，人与人之间情感的隔离、精神的隔膜，让人们彼此之间距离如此之近，却又仿佛咫尺天涯。社会缺少了思想的碰撞与感情的交流，缺乏一种能让个体和群体连接起来的共鸣感和仪式感，身处其间的"原子化"个体愈发感受到孤独和冷漠。

在古代，艺术特别是表演艺术活动会让人们产生情感共鸣，这在某种程度上令观者心生一种仪式感。起源于宗教祭祀活动的戏剧表演，通过戏剧冲突的设置和艺术家的演绎，使人们体悟到崇高、愉悦的感情，抑或是悲伤、痛苦的情感，观众的心灵，也在这一过程中得到净化和升华，并产生情感上的联结。

而在当代，伴随科学技术的发展和文艺门类的融合，电影艺术横空出世。意大利电影理论家乔托·卡努杜（Ricciotto Canudo）在《第七艺术宣言》中表示，电影艺术结合了空间艺术（绘画、建筑、雕塑）和时间艺术（诗歌、音乐、舞蹈）、静态艺术与动态艺术的各种特点。[1] 由于影片可以跨地域发行、放映，因此它会比戏剧等其他艺术形式在同一时期拥有更多的受众。

看电影不仅是一种个人行为，其会引起个体生理和心理上独特的观影体验，它更是一种社会化的过程，能够唤起人类内心深处隐秘的情感共鸣。而这种共同的情感体验则来自千百年来人类发展的历史进程，瑞士心理学家卡尔·荣格（Carl Gustav Jung）的原型理论为我们揭示了这一神秘的心理现象。

---

[1] 电影艺术词典：《第七艺术宣言》[EB/OL]. 中国大百科全书第三版网络版，2022-01-20.

荣格认为，原型是集体潜意识的内容，是一种发端于人类祖先的，具有某种普遍性特征的深层心理结构。[1] 大量的文化符号在漫长的人类历史进程中被赋予不同的意象，而影片通过可视化、活动的影像，以及对白、音乐、音效的辅助，将这些符号展示出来，并通过蒙太奇、景深镜头的构成，赋予其深刻的内涵含义，触发观者群体内心的情感共鸣。

除了原型符号会触发社会性情感体验之外，影院独特的物理环境也会造成观众内心形成一种仪式感。在黑暗的四周中，人们双眼紧盯幕布上的活动影像，他们处于高知觉、低运动的状态，而这与人类做梦时非常相似。梦境中的沉浸感会令个体的边界变得模糊，伴随电影配乐、音效、画面的变幻，潜意识里的情感活动得以摆脱意识、理性的束缚，这种感性的状态令人们融入周边的自然与社会环境中，进而形成情感上的共鸣，而这种共鸣的仪式感正是电影院这种独特的场域空间所形成的。

除此之外，电影人和"迷影"者的节日——电影节的

---

[1] 吴昌鸿，杨学民. 浅谈荣格的原型神话观 [J]. 青年文学家, 2011 (6)：203.

开幕，也使喜爱这门艺术的人们真正有了情感联结和交流沟通的机会。异域风情的电影作品、缤纷多彩的电影互鉴、联通全球的电影市场、齐聚一堂的电影迷友，这一切使得电影节真正成为一个有关电影本体、电影文化、电影产业的节日，电影所具有的仪式感共鸣在这里得到充分体现。

作为连接个人与社会的公共空间之一，电影院的观影空间和电影节的文化场域不仅为观众带来叹为观止的视听奇观，其更是一座沟通私人领域与社会领域的桥梁。

电影银幕仿佛是一扇窗户，通过它，人们能感受到一个与众不同的时空环境，里面交织着光影艺术的独特魅力，而这"窗外"的世界连接着身处影院中的你我他的心灵宇宙；电影银幕又仿佛一面镜子，透过它，人们能体悟到内心深处强烈的情感体验。

电影院、电影节观影不仅会获得属于个体的独特经验，更令他们感受着共通的仪式情感。电影仿佛一封寄给影迷的情书，用特定的银幕时空记述着逝去时代的点点滴滴、描绘着当下时刻的大千万象、刻画着未来时分的万千风情，美好与感动再现于银幕之上，让观众体悟着人情冷暖和世间百态。在疫情肆虐结束的当下，人们彼此需要情感上的凝聚和联结，而光影斑驳的影片能直抵人们的内心，甚至反映时代的变迁，通过情感的共鸣，抚慰人类受伤的灵魂。

（本篇文章于2022年10月26日首发于电影评论媒体"深焦DeepFocus"微信公众号）

✤ 天堂里，有没有坂本龙一？

2023年4月3日，外交部发言人毛宁在主持例行记者会时，回答有关日本作曲家坂本龙一的问题。她表示，我们对坂本龙一先生去世表示哀悼，向他的亲属表示慰问。坂本先生是享誉国际的作曲家，其音乐作品文化内涵丰富，传递人文关怀，感动人们心灵。坂本先生热心中日人文交流，创作了不少包含中国元素的优秀音乐作品，他以实际行动为两国友好交流作出了贡献。[1]

---

[1] 刘柳. 外交部：对坂本龙一先生去世表示哀悼[EB/OL]. 北京日报客户端，2023-04-03.

坂本龙一的音乐创作，让不少人感动至深。一些乐迷曾表示，在人生最为艰难的时刻，是聆听坂本龙一的音乐渡过难关，寻觅到人生的方向。

从《圣诞快乐，劳伦斯先生》到《末代皇帝》，坂本龙一的音乐仿佛涓涓细流那般，将旷世之恋的唯美孤独、庄严肃穆的高贵典雅融为一体。古典中映衬出现代，传承里蕴含着创新。东方文明的物哀幽玄之美与西方文化的理性思辨之光，在他谱写的音符律动中娓娓道来。世间的繁华和孤寂化作命运的起伏与轮回，刹那间的美好幻化成永恒的印记，再现于人生的每一个瞬间。

坂本龙一的艺术创作融合了传统与现代、东方和西方、自然与人文。他钟情于"巴洛克"时代的赋格曲、流连于"印象派"风格的古典乐，同时又着迷于流行、电子、摇滚等现代音乐的独特魅力。他与贝托鲁奇、亚历桑德罗·冈萨雷斯等西方知名导演合作，同时又和常静、朱哲琴等中国古典音乐家、演奏家同台表演。

坂本龙一喜爱戈达尔、塔可夫斯基的艺术电影，是不折不扣的"文艺青年"。同时，他又现身社会活动的第一线，以自己的绵薄之力推动着社会的进步——他是和平主义者、反战人士，又是环保主义活动家。福岛核电站事故后，出于对自然环境的保护和对人类生存的担忧，他亲自来到核事故地点，身体力行反对人类对自然界永无止境的破坏，以唤起人们内心与自然万物和谐共生的良知。

这种观照万物的自然观，也融入坂本龙一的音乐创作之中。他谱写的旋律里，往往能让听者感悟到大地母亲的哭泣和悲鸣。在人类无尽的欲望之火面前，自然界面临着生灵涂炭的生态危机。坂本龙一试图用艺术作品去感染人们的内心，静逸的旋律仿佛"安魂曲"和"咏叹调"那般，为世间万物祈祷祝福。

坂本龙一的音乐总是直抵人类灵魂的深处——对宿命无尽的抗争、对命运无情的抗拒，纵然遍体鳞伤、满目疮痍，却依然追寻童年心中那道至真、至善、至美之光。他的经历与感悟、思想和情感，在悲欢离合的音乐旋律之中，铭记于人们内心的深处，成为永世流传的经典。

拍摄《末代皇帝》时，坂本龙一来到过中国，感受着华夏文明跨越千年的历史底蕴。华灯初上的傍晚时分，漫步于紫禁城宏伟的建筑群间，那种静谧与悠远、庄重和威严，凝结于坂本龙一创作的旋律乐曲之中，以一种东方古乐的意境之感，融合西方交响的磅礴之势，将东方文明的举世无双呈现给世人，成为世界电影配乐史上的经典之作。

2020年新冠疫情暴发之际，坂本龙一身患绝症。他以音乐的形式为疫情中的民众加油。坂本龙一用"中国武汉制造"的吊钹等乐器演奏，来鼓励疫情中的人们坚强地活下去。而结束时分的那句"大家，加油。"更是感动无数观者。

4月3日，得知坂本龙一离世的武汉市民，自发地在长江之边用他的名作《圣诞快乐，劳伦斯先生》与其告别。阵阵的风声、淅沥的雨水之中，钢琴家演奏的孤独旋律陪伴着所有听者，感谢坂本龙一曾经给这里带来的希望和勇气。

难说再见，难舍分离。

晚安啦，天堂中的坂本龙一先生。

（本篇文章于2023年4月3日首发于文化文艺媒体"中国文艺网"微信公众号）